続・聖剣、解体しちゃ

I have taken the holy sword apart.

目次

第1章　学生長選編
鍛冶屋の娘　12
貴族学校　15
侵攻派と融和派　21
鷹が鷹を産む　25
相変わらず　31
突然の来訪者　39
因縁の相手　46
巻き込まれる家系　52
立候補者演説　57
選挙活動　66
学生長　71
里帰り　77

第2章　夏休み編
鍛冶屋の一家　86
ワーガルの街　91
鍛冶屋の姉弟　101
娘の願い　106
親子二人三脚　112
夏の思い出　116
久しぶり　121
新学期始動　126

第3章　学生長危機編
修行の成果　136
派閥の思惑　140
学生長の備え①　144
学生長の備え②　150
まさか　154
コート先輩　162
何事もなく冬期休暇を迎えたかったのに　169

第4章　長い冬休み編

丸いあの人　180
許されざる暴挙　189
さらなる事変　199
生きる伝説　206
事後処理　217
ウルトラCはエルス家の得意技　228
セリナ鍛冶屋　238
受け継がれる奇行　245
二十三年ぶり三回目　256
異変　260
いい迷惑　269
魔王（完全体）　275
やっぱりこういう最後になる　287
セリナの人生はこれからだ！　295

あとがき　298

続・聖剣、解体しちゃいました

I have taken the holy sword apart.NEXT.

前巻のあらすじ

勇者にゆかりのある街・ワーガルで鍛冶屋を営んでいたトウキは、ある日、森で伝説の聖剣・エクスカリバーを拾った。

トウキは好奇心を抑えきれず、聖剣を解体。するとトウキの鍛冶屋のレベルが急上昇し、剣や槍はもとより、ヤカンやトングのような家庭用品まで、トウキが作ったものは何でも最強の武器に仕上がっていった。

そのせいもあってか、ワーガルは順調に発展していったが、折から魔王が復活。しかしトウキがつくった武器で武装した討伐隊は、簡単に魔王を倒してしまった。

それから二十三年後。物語はトウキと恋人・エリカの間に産まれた娘・セリナを中心に進んでいく。

第1章　学生長選編

鍛冶屋の娘

私の家は変だった。

伯爵家という上級貴族であったが、生まれ育った自宅は鍛冶屋の二階の居住スペースだった。

去年学校の友人を家に招いたときは「大きい屋敷だね」と言っていたが、それが私の家ではなくギルド兼宿屋であることを知ると静かになった。

まあ、その間違いは仕方ないと思う。

正直あの豪華な見た目は私も憧れている。

領地を案内してほしいと頼まれたが、ワーガルだけがうちの領地なのですぐ終わった。

お父さんは最高の鍛冶師と呼ばれていたが、たまに入る注文に応えて作業するだけで、大して仕事をしている姿を見たことはなかった。

さらに、たまに仕事をしても一瞬で終わらせてしまう。

そのため、汗を流して働く父の姿に憧れを抱くという感情は生まれてこの方持ったことはなかった。

お母さんはおじいちゃんが引退したため正式な伯爵となったが、毎日隣のおじいちゃんの店で働いていた。

友達は最初ただの街の人と思ったらしく、お母さんに対して「エルス伯爵にお会いしたいのですけど、どこにいますか」と尋ねていた。

まあ、剛毅なお母さんは大笑いして許してくれていたが。

だが、仕事がない代わりに私と弟をお父さんは可愛がってくれたし、お母さんも貴族として威張ることもせず、騒がしいけど優しくて、両親のことは大好きである。

二人のおかげで私も貴族として威張ることもなく普通に街の人と接している。

というより、この街の人は私たち家族のことをちっとも貴族と思っていない。

子どもの頃からギルドの人たちに遊んでもらったし、騎士団の人たちの訓練を見学していたし、お小遣いのためにカフェや宿屋で働いていたこともある。

街の大きな決め事だって小さいけど議会で決めている。

そんな場所で私は育った。

「セリナ。どうしたんだ？　朝からずいぶんとぼうっとしているが」

寮から登校する途中で青髪をショートヘアにした親友その1が話しかけてくる。

このイケメン女子に心を奪われる男女が跡を絶たない。

「ああ、ミア。なんでもないの。ただ、去年イスラがワーガルに来たときのことを思い出していたのよ」

「ああ、エリカさんに無礼を働いたやつか」

「ちょ、ちょっと！　あれはわざとじゃなくて事故だから！　それにセリナのお母様だって許してくれたじゃない」

ミアの言葉に、金髪をポニーテールにしている親友その2が反応する。

本人は断固として否定しているが、三人組のギャグ枠である。

「いや。あれは娘の前だから許したのであって陰では…………」

「確かに。あり得るかもしれない……」

「もう！　そもそもセリナもミアも知っていたなら教えてくれたら良かったじゃない」

「教えない方が面白いから」

「あんたたちねえ！」

そんなこんないつも通り騒ぎながら、私たち三人は一限目の授業が行われる教室へと移動する。

貴族学校

王立貴族学校。

ここは十八歳になった貴族の子どもが通う学校である。

もちろん強制ではないが、後継ぎとなる者は通うのが通例である。

エルス伯爵家の長女、セリナ・エルスも十八歳となった去年からここに通っている。

彼女としては弟が行くものと思っていたのだが、弟が十五歳になるや否や、冒険者ギルドに登録してとっとと逃げたため、彼女が後継ぎ候補として入学した。

彼女としては弟の夢を壊すつもりはなかったので、それほどの文句はなかった。

貴族学校では全員が学ぶ一般教養以外に各自が専門知識を学び、四年後に卒業することとなる。

さらにここで構築した人脈が後の貴族社会において重要になってくるため、学生たちは授業以外の余暇も力を入れて活動するものが多い。

あるいは、王都にあるもう一つの学校である王立学院の優秀な平民と仲良くする者も居る。

将来の家臣とするためである。

が、セリナはそんなこととは無縁であった。

まず、エルス家は貴族としては弱小もいいところである。

加えて、エルス家は家臣など必要としていない。

よって彼女には二人しか友人がいなかったが、本人はしがらみがなくていいと気にしていない。

そして、彼女がこの学校に来て、すでに一年とちょっとが過ぎていた。


「あっ」

閑散とした教室に入るなりイスラが声を上げる。

「どうした」

「しまった…………。課題をしてくるの忘れちゃった……」

「はあ。またか」

ミアは頭を抱えている。

イスラは課題をよく忘れる。

それもこの授業に限って。

「うぅ……。どうしよう……。ホルスト先生って厳しいんだよねぇ……」

次の授業は一般教養科目としての鍛冶学の授業だ。

貴族学校では一般教養科目として、様々な職業に関係する基本的な知識について幅広く授業が用意されている。

鍛冶、接客、会計、戦闘、法律、医学などなど多岐にわたる。

そしてその中から各自三年生になったときに専門的に学ぶ分野を決める。

もちろん、一般教養科目にない学問でも構わないのだが、私を含め普通の学生はそんなことはしない。

鍛冶学の担当は一般教養、専門科目共にホルスト先生が担当している。

鍛冶学は貴族学校で一番不人気の授業である。

別にホルスト先生が悪いわけではない。

単純にこの国では鍛冶屋は儲からないのだ。

学問として興味のない限り履修はしない。

私は得意だから、ミアは興味があるから、イスラは私たちが受講しているからという理由で鍛冶学を履修している。

「まあ、あきらめなさいよ」

「そんな！　セリナはホルスト先生の知り合いなんでしょ！　助けて」

「あのね。いくら知り合いでもそんなことできるわけないでしょ」

「そんなぁ……」

そのとき、教室のドアが開く音がする。

そして入ってきた金髪の男性が教壇に立つと第一声。

「それでは課題を後ろから回収して提出しなさい。忘れた者は前に来て申告するように」

イスラはその言葉に反応して、トボトボと教壇に向かって歩いて行く。

いや、そんな恨めしそうな目で私を見られても困る。

やらかしたのはあなたでしょうが。

「ふむ。イスラ・エレーラ。また君か」

「はい」

「君は私になにか恨みでもあるのかね」

「いえ。別に恨みはあ」

「聞けば他の科目の課題はこなしているようではないか」

「なぜか先生の課題は忘れちゃうんですよね……」

「朝一番からこんなに不快な思いをさせられるとは」

ホルスト先生は額をぴくぴくさせている。

ミアが立ち上がり、ホルスト先生に話しかける。

「ホルスト殿、そのあたりにしてやってはくれないか？　私たちも早く授業を受けたい」

ミアは先生を全員『殿』と呼んでいる。

イスラは輝くような目でミアを見ている。

まるで女神を崇めるかのような目である。

「ミア様がそうおっしゃるなら」

「ありがとう。その者の説教は授業が終わったあと存分にするといい」

「そうさせて頂きます。イスラ君、席に戻るといい」

先ほどまでとは打って変わり、親の仇のような目でミアを見ながらイスラはこちらに戻ってくるのであった。

「ぶはぁ……。ホルスト先生の説教長かった……。追加の課題も出されちゃったし……」

二限目以降は履修している科目が異なるため、私たちは昼休みに食堂で集まっていた。

イスラは空きコマにしていた二限目はずっとホルスト先生に拘束されていたみたいだ。

「それはイスラが悪いんだろ」

「なんで私を見捨てたのよ！　ミアの薄情者！」

「いや、早く授業受けたかったし」

「私もミアに賛成ね」

「うぅ……。ていうか、セリナはこれ受ける必要ないんじゃないの？」

「確かに。今日返却された小テストでもセリナは満点だったな」

「うんうん。返却するときのホルスト先生の顔、最高だったね。『くっ、またしてもしてやられた！』って顔だったね！」

「あのね。私はイスラの溜飲を下げるために満点を取っているわけじゃないのよ」

「まあまあ。それより早く食べよう。あのガミガミじじいの説教でお腹ペコペコよ」

このとき、私とミアは目線で合図したのだが、イスラには気付いてもらえなかったようだ。

「ほう。誰がガミガミじじいなのだ。イスラ君」

「しょ、しょれは」

イスラは絶望の色を隠せない顔のまま、静かに振り向く。

そこには件（くだん）の金髪先生が立っていた。

「うぎゃぁぁぁあ」

むなしい叫びが食堂に響いた。

侵攻派と融和派

結局イスラは昼食時間もホルスト先生の説教を受けていた。

私たちはもちろん美味（おい）しい昼食を食べたが。

今は二年生全員必修のマナー講座を受けるべく教室移動をしている。

「皆さん！　今こそ帝国への侵攻をするべきです」

「これチラシです」

「会合への参加お願いします」

移動途中にある中庭では数人の男女が声を上げて勧誘活動をしていた。

「ああ、またやってるよ。飽きないねえ」

イスラが彼らのことを見てそう言う。

彼らはこの学校の一派閥で帝国侵攻派という派閥である。

なんでも、我が国の国軍は世界最強であり、二十三年前の魔王侵攻で弱体化した今こそ、因縁のユーグレア帝国を屈服させるべきだというのが彼らの主張である。

しばらく侵攻派が勧誘活動をしていると、別の団体が駆けつけてきた。

「おい！　勝手に勧誘活動をしているんじゃない！」

「なんでお前らの許可が必要なんだ」

「ともかくやめろ！　それと皆さん！　こんなやつらに加わってはいけませんよ」

侵攻派の勧誘活動を止めに入ったのは、融和派と呼ばれる一派である。

彼らは、かつての拮抗した国力ではない今こそ、長年の恨みを捨てて帝国と仲良くしていくべきだと主張している。

侵攻派と融和派は私が入学した頃には活動を開始していて、最近は活動が激しくなっている。

もちろん国論を二分するような議論なんかではなく、学生たちが勝手に騒いでいるだけだ。

正直、戦争なんてまっぴらごめんなので融和派の方が多少マシかなと思いつつも、融和派もなんだか胡散臭い。

なにより、揉めるたびに決闘を始めるのでうるさいし、場所は取られるし、備品を壊すし、流血沙汰を起こすこともあるしで大迷惑であった。

「この野郎！　こうなれば決闘でここの使用権を決めるぞ！」

「望むところだ！」

結局その後中庭では両派閥の入り乱れる決闘が始まり、野次馬も加わってお祭り騒ぎとなっていた。

私たちは物干し竿やら箒やらを振り回す光景をあとにして、そそくさと中庭を離れることにした。

「セリナは勧誘を受けたりしなかったの？」

「最初の頃に侵攻派からね。あのトウキの娘ならいい武器を作れるだろうってことで」

二十三年前に施行された法律により、貴族の揉め事は戦争ではなく決闘により決せられるようになった。

聞くところによるとお父さんが絡んでいるそうだが……。

まあ、王国に仲裁を頼んで代償を払うことで決闘を回避することや、決闘代理人を立てることができるようになったりして、かつてのように半強制的な決闘要素は薄くなっている。

貴族学校でも多少の違いはあれど、学生間の揉め事は決闘により決められる。

そのため、学校では強い武器というのが常に求められている。

「うえ。それでどうしたの？」

「もちろん断ったわよ。私には鍛冶の才能はありませんって言ってね。そしたらすんなり解放してくれたわ」

「なるほどね。人に興味があるんじゃなくて、その能力にしか興味がないなんて全くふざけた連中ね。ミアはどうだったの？」

「私か？　私は生まれが生まれだけに、さすがにどちらも勧誘してはこなかったな」

「そっちも納得だわ」

「ところでイスラはどうなのだ」

「私は……。あ、受けたことないや」

私とミアは静かにイスラの背中を叩いてやる。

「ちょっと！　励まさないでよ！　逆にみじめだわ」

「大丈夫よ。私たちはイスラの友達だから」

「ああ、その通りだ」

「それは嬉しいけど、今は嬉しくない」

「ささ、遅刻しちゃうから早く行きましょう」

「そうだな。セリナの言う通りだ」

「ちょっと！」

イスラを促しながら次の授業へと向かっていた。

鷹が鷹を産む

「ふう。今日も一日終わりっと」

私は一日の授業が終わり夕食も食べて寮の個室へ戻る。

貴族の子どものためということで、ベッドに勉強机、さらにテーブルと椅子が四脚も備えられ、本棚その他の家具まで揃っている。

はっきり言って、実家の私の部屋なんかとは比べ物にならないほど豪華である。

部屋に入るなり、ベッドへと倒れ込む。

そして、そのままモゾモゾと制服を脱いで楽な格好になる。

お母さんに見られたらカミナリを落とされそうな光景である。

「とりあえず。お風呂の時間まではこのままで居よ」

二年生の女子に割り当てられた、お風呂の時間までまだ少しあった。

なんとなく、今の自分のステータスを確認すべく左手首に触れてみる。

氏名：セリナ・エルス
職業：学生（ランク15）
スキル：鍛冶　鑑定　遠近攻撃

「はあ。こんなのばれたら派閥間で争奪戦ね」

私は自分のスキルを見ながら苦笑いをする。

まあ、自分の今までの人生を振り返れば、当然と言えば当然であった。

この世界では、職業に対応したスキルが与えられるのが基本である。

しかしながら、他職業のスキルであっても、弟子入りするなりして訓練をすれば会得することは可能である。

転職する者などはこの道を通る。

もちろん転職せずともスキルを覚えて使うことができるが、職業ランク比例で効果の向上するスキルなどは、完全に死にスキルとなってしまう。

商人などが使える鑑定は職業ランクに比例しないため、有効なスキルである。

とはいえ、そもそも転職もしないのに、「弟子入りまでして訓練をするような者はほとんど居ないが。

私は幼い頃からお父さんに仕込まれ、お母さんの手伝いをし、国内最強のギルドや騎士団の人とチャンバラなんかをして遊んでいた結果、気が付けばスキルを取得していた。

このうち、鍛冶と遠近攻撃は職業ランク比例である……のであるが、学生という職業は少々特殊であった。

学生は将来のために本職よりは下方修正されているが、全てのスキルを使えるようになっている。

そして学生のランクは、覚えているスキルの習熟度に応じて上昇する。

ちょうどお父さんが鍛冶の腕を磨いて、鍛冶屋のランクを上げたのと同じように。

………にしてもお父さんの伸び率はおかしい気がするが、その秘訣は教えてくれない。

トウキショックによって、冒険者や戦士のような戦闘系の人のランクはインフレしてしまったが、その他の職業においては未だにランク５もあればその道のプロである。

学生だって似たようなものである。

戦闘系の技能のある学生のランクは高い傾向にあるが、学生のランク上昇率は非常に低く設定されている。

そんな中でランク15である。

正直、この学校での決闘を申し込まれても武器さえあれば、一人を除いて負ける気がしない。

「まあ、私とあの子が決闘することはまずないでしょうし、問題ないか」

チラッと脱ぎ捨てた制服に目が行く。

なんだかワーガルのことを思い出してしまってから、しわくちゃの制服に罪悪感が湧いてきた。

「うぅ……。お母さんの怒った顔が目に浮かぶ……。ちゃんと片付けよう」

別に家事は嫌いではない。

むしろ得意である。

お母さんやリセさんにがっつり仕込まれた。

「せっかくなら鍛冶スキルじゃなくて、家事スキルが欲しかったなぁ……」

ぶつくさ言いながらもお風呂までの時間を服を片付けたり、部屋を掃除したりして潰したのであった。


「お願いします！　この課題教えてください」

お風呂も済ませていいよ、あとは寝るだけとなった時間帯に、イスラが部屋を訪ねてくる。

どうやら今日のホルスト先生に追加された課題が終わらないようである。

「はあ。仕方ないわねえ」

「ありがとうございます！　ありがとうございます！」

「ちょっと！　自然と靴を舐めようとするな」

イスラを部屋に入れてやると机に座らせる。

「ええと……、ここなんだけど……」

「ああ、これね。ってこれこの前の授業でやったじゃない」

「え、マジ？」

「マジ」

それからしばらくはマンツーマン指導をする。

こうして教えていると、イスラだって男爵家の令嬢として教育を受けてきたから頭は悪くない。

ただ、どうも抜けているところがあるようだ。

「ふぃ。終わった。セリナ、ありがとうね。いやー、思ったより早く終わって良かったわ」

「どういたしまして。もちろんお礼は期待していいのよねえ」

「そ、それはもちろんですよ……」

「なんで目を逸らすのよ」

「いやぁ。その、ちょっと今月は厳しいかなぁって」

「あんたまた、仕送りをあれにつぎ込んだの？」

「うぐ」

「まあいいわ。そのうちお願いねえ」

「すみません……」

その後、消灯時間までイスラと談笑をしていたとき、ふと尋ねられた。

「そういえばさ」

「うん」

「こんだけできるなら、将来はやっぱりお父様の跡を継ぐの？」

「いや。鍛冶屋はないかな」

「あら。またなんで」

「まず、鍛冶屋としてお父さんを超えることはできないと思う。それになにより」

「なにより」

「鍛冶屋は儲からない」

「あー、確かに」

「さ、そろそろ部屋に戻りなさいよ」

「んじゃね」

イスラを見送ったあと、私はベッドに倒れ込んだ。

相変わらず

一週間の授業が終わった週末。

貴族学校の生徒は皆、思い思いに過ごしている。

人脈を広げようとする者、課題を消化する者、王都へと繰り出す者、ゆっくりと自室で過ごす者、派閥闘争に精を出す者など様々である。

私はというと、部屋で新聞を読みながらゆっくりとしている。

休日の午前中というのはどうにも動く気になれない。


『ルクレス姫、大陸一周の旅から帰国』

昨日、オークレア国王の第二王女であり、国民的英雄のルクレス姫（43）が諸国を巡る大陸一周の旅から無事帰国された。

ルクレス姫は今から三年ほど前、突如として『旅に出る！』とだけ言い放ち、王国を飛び出していた。

旅行の感想を尋ねた記者に対してルクレス姫は『諸国には美味しい料理が多く、体重維持との戦いの日々であった』とコメントしてくださった。

体重維持に限らず、四十三歳にして魔王討伐の頃と変わらぬ美貌を維持する秘訣を教えてもらいたいものである。


記事の下には数年前に実用化された写真が写っていた。

記事にある通り相変わらずの美貌である。

「ルクレスさん、帰ってきたんだ。確か飛び出していく前の装備調整に、お父さんを訪ねてきて以来会ってないな」

あのときのことを思い出す。

いつ思い出してもかっこいい女性だ。

中身が多少ポンコツなところも可愛い。

私が小さい頃、私と遊びたくてジッと見つめていたルクレスさんに、「あそぼ！」と声を掛けると大喜びではしゃいでいたのを思い出す。

コンコンコン。

思い出に浸っているとドアをノックする音が響く。

「誰ですか」

「私だ。ミアだ」

「入っても大丈夫だよ」

「失礼する」

ミアは部屋に入ってくると、定位置である私の対面の椅子に座る。

私はミアに飲み物と新聞を差し出す。

「ああ。叔母(おば)上が帰国なさったらしいな。さっき私も読んだよ」

「そうみたいね。ミアに連絡はなかったの？」

「なかったさ。多分陛下も伯父(おじ)上も母上も知らなかったんじゃないかな。なんというか。あの方は相変わらずというか」

「ははは。昔から自由奔放な人だったからね」

「うらやましい限りだ」

そう言いながら、新聞に写る彼女の叔母であり師匠でもある人の写真を見つめている。

私の親友ミア・トレビノは青髪、美人とルクレスさんにそっくりであるが、ポンコツじゃないのが非常に残念である。

まあ、ルクレスさんのお姉様にあたるミアのお母様は、ルクレスさんと違ってしっかりしているからだろう。

というより、そうでなくては国王陛下だってトレビノ公爵家に嫁に出したりはしないだろうし。

「それで、なんの用事で来たの？」

「いや、特に用事はないのだが暇だったのでな」

「なら暇しときなさいよ。私もゆっくりしてるから」

「せっかくの学生生活それでいいのか……」

「むう。わかったわよ。付き合うわよ」

「では、イスラのやつも誘うか」

「そうねえ」

私たちはティーカップを空にすると、イスラの部屋へと移動した。


「あんたねぇ。なによこれは。またなの」

「あはは……」

「はあ。私も頭が痛くなってきた」

またしてもミアは頭を抱えている。

イスラを訪ねたところ頑なに入室を拒むので、前科もあることだから室内へと踏み込んだ。

室内は予想通り、いやそれ以上であった。

壁一面に貼られたルクレスポスター、机に飾ってあるルクレス人形、本棚を占領するルクレス写真集、部屋に飾られたルクレスパネルその他多数。

部屋中がルクレスさんのグッズで埋まっていた。

「はあ。この前仕送りをつぎ込んだって聞いたけど、やり過ぎよ」

「ごめんなさい……」

「ここまで叔母上だらけなのは私でも引くぞ。というかこれなんて自作グッズじゃないのか」

「そうなの！　もう市販のグッズじゃ物足りないから、最近は仕送りを自作グッズの製作費にしているのよ！」

「しているのよ！　じゃないわよ！　この前勉強する場所がないからって片付けたばっかりじゃないの！」

「ひぃ！　お許しくださいセリナ様！」

はあ。この前掃除してグッズをご実家に送ったというのに、またこんな部屋にして。

イスラはルクレスさんの熱狂的なファンである。

ちょっと熱狂的過ぎる。

「イスラよ」

「な、なんでしょうかミア様」

「せめて仕送りではなく、自分で稼いだお金で買えばいいのではないか？　そうすれば量もおのずと減るだろう」

「うぐ！」

「というよりも。あんたこの前、私へのお礼を延期していたけど、仕送りはいくら残ってるのよ」

「その……、三千E（エルス）ほど……」

「『はい!?』」

今月はまだ半分も過ぎていない。

こいつバカだ。

「こうなったらあれしかないわねえ」

「ああ。そうだな」

「あの……。お二人ともなにを……。大丈夫高く買い取ってくれる宛はあるわ」

「あんたのグッズを売るのよ。資金と片付けが同時にできる」

「ああ。資金と片付けが同時にできる」

「ちょ、ちょっとまってよぉぉぉを」

イスラのむなしい叫び声が寮に響き渡る。


「ホルスト先生」

「なんだセリナ君か。休日になんの用事だ」

「実はお話がありまして……」

「まさか君が授業の質問ではあるまい」

「ええ。実はこれらの品を買って頂けないかなと」

「なぜ私が生徒から物品を買わなくてはいけ……ない……のだ……」

ホルスト先生に見えるように、チラチラとポケットからイスラ特製のルクレス栞（しおり）を見せる。

ここでもうひと押しだ。

私は先生の耳元でこうささやく。

「他にも色々、あんなのや、こんなのも売ってますよ」

イスラは投下資本を余裕で上回る資金を手に入れることができた。

突然の来訪者

イスラの部屋の片付けで休日を潰してしまってからしばらくが経った。

今日は午前中のみ授業がある日で、午後からは暇だったため食堂でいつもの面子とだらだらしていた。

「はぁ……」

「どうしたのよ」

「こんなにお金があるのに、全く心が満たされないわ」

「今回は仕送りを使い過ぎたあんたが悪いんでしょうが。次からは生活できる範囲で集めなさいよ」

「うい……」

ここのところイスラはこの調子である。

なんというか、こちらが申し訳なく感じてしまうほどである。

「しかし、あの部屋を叔母上が見たらなんと言うだろうか」

「多分顔を真っ赤にしてポスターを破り捨てるかもね」

「うむ。十分にあり得るな」

「いいな、いいなぁ！　二人はルクレス様に実際に会ったことがあるんだもんな」

「そりゃ私は姪っ子だからな」

「私は……どういう関係なんだろ？　友人の娘ってところ」

「というより、私よりもセリナの方が叔母上と交流があるのではないか？　私が叔母上に弟子入りしたのは八歳の頃だったし」

「あー、そうかもしれない」

「ずるいわ！　ずるい」

「そう言われてもな」

イスラが駄々っ子のようにわめいていると、なんだか食堂の外が騒がしくなっていた。

叫び声やら人の駆け出す足音やらがうるさい。

「今日ってなんかイベントあったっけ？」

「いや、聞いてないな」

「ミアが聞いてないとなるとなんだろう」

「ちょっと！　なんで私には聞かないのよ」

「じゃあ、イスラは知っているの？」

「いや、知らないっす。すみません」

「「はあ」」

「二人して大きなため息をつかないでよ！」

そんなやり取りをしていると、食堂のドアが勢いよく開け放たれる音がした。

ドアが壊れるんじゃないかと思うほどの勢いである。

「おお！　ここにいたのか」

声の主を探すべく私たちはドアの方を見る。

そこには光輝く聖剣を携えた青髪の女性が立っていた。

後ろにはぞろぞろと野次馬を連れている。

「お、叔母上！」


今は私たちの席にルクレスさんが同席している。

円卓で私とミアの間にルクレスさんが座り、ルクレスさんの対面にはイスラが座っている。

周りは野次馬だらけである。

「しかし、またどうなさったんですか」

「うむ。旅から帰ってきたのでな。久しぶりにミアの顔が見たくなったのだ」

「なぜまた今日なんです」

「今日はやつが非番の日と聞いていたのでな」

「やつ？」

「いや。なんでもない。それよりも！」

そう言うとルクレスさんはミアを抱き寄せる。

野次馬からは大きな歓声が上がる。

いや、その気持ちは大いにわかる。

なにせ、大英雄ルクレスが美少女を抱きかかえ、腕の中の美少女は顔を恥ずかしそうに赤らめている。

うん。素晴らしい光景だ。

イスラなんか目を見開きすぎて充血している。

「お、叔母上。そろそろ放して頂きたい」

「なんでだ」

「その、恥ずかしいです……」

「むう。仕方ない。なら次はこっちだ」

「うぐぅ！　ちょ、ルクレスさん」

ルクレスさんは急に振り向くと私を抱き寄せる。

く、苦しい……、し、死ぬ……。

「叔母上！　セリナが死んでしまいます」

「おおっと！　これはすまない。力加減を間違ってしまった」

抱きしめる力が緩められる。

途端になんというか、懐かしい感じがする。

私にとってもミアにとっても、ルクレスさんは第二の母のような存在である。

……いや、私には第二の母がいっぱいいる気がする。

しばらくすると放してくれた。

「ふう。危うくトウキ殿とエリカ殿に殺されるところだった。子どものこととなると二人はホントに怖いからな」

「そういえば、私が赤ちゃんの頃にも一度殺しかけたとか……」

「そ、その話は良いではないか！　昔のことだ」

「あ、あの！」

先ほどまで沈黙を守っていたイスラが声を出す。

「私も抱きしめてくれませんか？」

「二人の友人ならもちろん構わないが、その前にお名前を教えてもらってもいいかな」

「ああああぁぁぁぁあ」

イスラはやっちまったと言わんばかりの叫び声を上げて頭を抱える。


「それでは私は王城に戻るとしよう。これ以上ここに居ては学校にも迷惑だろうしな」

「今さらな気もしますけどねえ」

「セリナ殿は両親に似て厳しいな」

「では、叔母上。私がお見送りいたします」

「うむ。ではな、セリナ殿、イスラ殿。学生生活を堪能するのだぞ」

「わかりました」

「は、はい」

　正門へと歩いて行くルクレスさんとミアの後ろ姿を、私とイスラは見続ける。

　叔母と姪というより姉と妹のようだ。

「良かったわね。念願のルクレスさんに会えて」

「今日ほど、二人と友達でいて良かったと思ったことはないわ」

「あんたねぇ……」

　その日の夜、抱きしめられたルクレス分をなくさないために体も洗わないし、服も洗濯しないと言い出したイスラを風呂にぶち込むのに、私とミアは苦労することになる。

　翌日は翌日で、ホルスト先生の叫び声が学校中に木霊（こだま）して大変だった。

因縁の相手

大英雄訪問騒動から一夜明けた日、私は五限の法学を終えて六限の会計学へ移動のため、廊下を歩いていた。

すると突然、男子生徒に呼び止められる。

「貴様がセリナ・エルスだな」

「ええ、そうですけど。あなたは？」

「私は三年生のクロト・カフンという」

「はあ」

クロトと名乗る金髪の先輩は、名乗るだけ名乗るとこちらを静かに見ている。

なんなんだろう、この死ぬほど失礼な人は。

無視して行っちゃおうかな。

「貴様。もしかして私のことを知らないのか」

「すみません。存じ上げないですね」

「なっ！　融和派の副長にして、カフン伯爵家の長子たる私を知らないだと」

「ああ、派閥の勧誘ならお断りしますね」

「ええい！　今回は勧誘ではない！　貴様には私と決闘をしてもらう」

「えぇ……。なんでですか」

「父の仇を果たすためだ」

「私、先輩のお父様になにかしましたっけ？」

全くもって身に覚えがない。

カフン伯爵家は、なんとなく聞いたことがあるような気がする。

うーん。我が家は社交界とは縁遠い生活をしていたから、貴族の話には疎いんだよなぁ。

「いや。貴様がなにかしたわけではない。貴様の父、トウキがしたのだ」

「はあ」

「私の父バートは、貴様の父トウキによって民衆の前で糞尿を垂らすという辱めを受けたのだ！その仇を討たせてもらう」

「あの」

「なんだ」

「六限があるのでまたあとでいいですか」

「ああ。それなら仕方ない。授業は大切だからな」

「ありがとうございます。では」

私は走って教室まで移動する。

おそらくあの手の男は、意地でも私に決闘を挑むだろう。

ただ、授業に行かせてくれるあたり、完全な悪者ではないのがわかる。

ともかく決闘の前に最強の助っ人をお願いしておかないと。

しかしなんでお父さんのゴタゴタに、私が巻き込まれなくてはならないのか。

今度実家に帰ったら仕送りの増額を要求しよう。

その日の夜、わざわざクロト先輩は私の部屋を訪ねてきて、決闘の日時を次の休日と宣言した。

私も学生長に仲裁を頼んで金銭などの代償を支払うのは癪（しゃく）なので、受けて立つことにした。

ついでに私が勝ったら、金輪際私に決闘を申し込むなという条件を付けた。

強制ではなくなったとはいえ、申し込んだ者に有利な制度をなんとかしてくれないかなぁ。


決闘当日、どこから情報が漏れたのか、指定された場所には野次馬の輪ができていた。

中心には私とクロト先輩、それに立会人のイスラがいた。

「ふむ。よくぞ逃げずにやってきたな」

「先輩こそ、降伏するなら今の内ですよ」

「ほう。よく言う。では、そろそろ始めようか」

「はい。私も早く終わらせたいので」

私のその言葉を聞いて、クロト先輩は両手に泡立て器を構える。

あれだけお父さんのことを悪く言っておきながらお父さんの製品を使うのか……。

「戦いに勝つためには手段は選ばん！　父は日頃から自分を倒した泡立て器が一番強いと言っていた」

多分それは自分が負けたことを、少しでも正当化するためなんじゃないですかね。

まあ、いいや。

残念だけど、泡立て器が最強でないことを教えてあげましょう。

「それで、貴様の得物はなんだ」

「すみません。私はあいにく武器を持っていないので、代わりの者に戦わせます」

「なんだと」

「代理人は認められたルールですよね？」

「ええい！　ならさっさと呼べ！」

「ミア。お願い」

私がそう言うと、野次馬の輪から青髪の美少女が歩み出てくる。

腰には一振りの刀を携えている。

「私がお相手しよう」

「ははは。誰が出てくるのかと思えば、武器が剣なのか。私の父と同じ負け方で倒せるとは、なんとも皮肉が効いていて良い」

「ふむ。名工トウキが鍛え、大英雄ルクレスが愛用した雷虎（らいこ）の切れ味。お見せするとしよう」

「はい？　今なんと言った」

「はい。はじめー」

クロト先輩の疑問に答えることなく、イスラが開始の合図を出す。

両者武器を構えているのであるから、ルール上全く問題はない。

「ちょ、まった！　ぐふへ！」

勝負は一瞬だった。

イスラの合図に素早く反応したミアが、雷虎を打ち下ろす。

クロト先輩もこれに反応して泡立て器を構えて防御したのだが、泡立て器はそのままひしゃげ、ミアの一撃は見事に頭にヒットする。

そして、そのままノックアウトされてしまう。

「ふう。イスラ、判定を」

「勝者はセリナ」

「ミア、お疲れ様」

「なに。雷虎もたまには使ってやらないといけないからな」

「と、ところでこれ大丈夫なの！」

イスラは倒れた先輩を指差してあたふたする。

「大丈夫でしょ。峰打ちだったたし、ミアも手加減してたし、泡立て器で防御もしてたし」

「ああ。殺してはいないはずだ。まあ、仮に殺していても罪には問われない」

「そういう問題じゃないでしょ！」

私たちが騒いでいると、先輩の下に紺色の髪の毛の男子生徒が駆け寄る。

その男子生徒は、完全に伸びている先輩を抱え上げる。

野次馬の女子がなにやら騒がしい。

「いやー、こいつが迷惑かけたようだね。あとは俺が医務室に運んでおくよ。それじゃ」

それだけ言うと、医務室の方へと去っていく。

「今の誰？」

「あれ、セリナ、知らないの？」

「私も知らないな」

「ミアもか。あんたたちねぇ、もう少し学生間の話題にも興味持ちなさいよ」

「興味ないんで」

「はぁ。今の人は四年生のコート・マクシンリー先輩。子爵家の長男で融和派の筆頭よ。そしてなにより、すらっとした長身に、甘いマスク、綺麗な紺色の髪が相俟って女子の間では大人気なのよ」

「へー。ミアはあの人どう」

「いや。私は遠慮しておくよ」

「私も」

「あんたたちの男の趣味なんてどうでもいいのよ」

こうして決闘騒動は幕を閉じたのであった。

巻き込まれる家系

決闘騒動からしばらくは、それなりに平和に暮らしていた。

イスラの課題を手伝うのもいつものことだし、ミアに届いた男女問わないラブレターの返信を一緒に考えてあげるのもいつものことである。

違うことといえば、ホルスト先生が「次はいつ姫様グッズが入荷されるのか」と聞いてきて、若干うっとうしいくらいである。

この時期は、去年は迫る夏季休暇の話題で持ちきりであった。

が、今年は違った。

少なくとも私たちは夏期休暇にしか興味がなかったが、大勢の学生は別のイベントに興味を持っていた。

「セリナは今年の夏季休暇はどうするのだ」

「私は去年と同じでワーガルに帰るわよ。ミアはどうするの？」

「そうだなぁ。せっかく叔母上も帰ってきたことだし、鍛え直してもらおうかと思っている」

「そりゃまたハードな予定ねえ」

「またいつ居なくなるかわからないからな」

「あー、確かに」

その日は休日で、私の部屋でお茶をしながらだらだらとしていた。

「ねえ、あんたたち」

「なんだイスラ。お金なら貸さないぞ」

「んなこと頼んでないわよ！　てかミアが貸してくれたこと一度もないでしょ！」

「じゃあなんだ」

「なんで夏季休暇の話題しかしてないのよ。今の貴族学校の話題と言ったらあれしかないでしょ？」

「ミア、わかる？」

「セリナ、すまない。私にもわからない。あれか、期末試験か？　確かにイスラにとっては重要だな」

「なるほど。確かにねえ」

私とミアは納得して頷き合う。

「違うわよ！　いや、期末試験が気になるは確かだけど……」

「じゃあ、なによ」

「学生長選挙よ、学生長選挙。明日は立候補者の公示日よ」

「「あったなそんなの」」

「なんなのこの子たち。え、私の方が平均的な学生のはずよね。なんで私がずれてるみたいになってるの……」

確かに最近学校のあっちこっちで、やかましい宣伝活動をしている。

今年は期末試験終了後に、二年に一度の学生長選挙が行われる。

投票は全学年が、立候補は一年生から三年生までの誰でもできるこの制度は、普段ならやる気のある人間がやってくれたらいい程度のものであった。

なにせ学生長になったら、学生を代表して外部の人間に会ったり、学生生活について先生と交渉をしたり、面倒な事務作業をしたり、学生の揉め事の仲裁をしたりと、なにかと大変である。

ところが派閥争いの激化している今年は、いつもと違う様相を呈していた。

今年はすでに侵攻派と融和派が双方候補者を立てることを宣言して争っている。

というのも、学生長になると学生の三分の一の賛成を得れば、罰則付きの学生長令を発することができる。

任期の切れる現学生長は派閥に所属していない四年生の先輩であり、学生長令を発布してはいない。

が、派閥の人間が学生長になればどうなるかなど一目瞭然であった。

「けど、侵攻派も融和派も興味ないから私には関係ないわね」

「ああ、そうだな。私も棄権しよう」

「あんたたちなに言ってるの。棄権はできないわよ」

「「はあ!?」」

「いや、私に凄まれても困るんだけど。ともかく、投票は学生の義務よ」

「「えー」」

「いやなら立候補するしかないわね」

「おお！　それだ」

ミアが急に立ち上がる。

「よし！　ちょっと行ってくる」

ミアはそう言うと部屋を出て行ってしまった。

「なんだったの……」

「そうねぇ。まあ、ミアって学生とはいえ一応王族の血筋だし、派閥に投票するのはマズイと思って立候補しに行ったんじゃない」

「ああ、なるほど。それなら私もセリナも投票先ができて良かったわね」

「そうね。もしかするとミアが立候補したら通っちゃうかもね」

「あー、確かにミアってすごい人気あるからね。男の子からも女の子からも」

「ほんとよね。ラブレターの返信を考える身になってほしいわ」

「セリナ、後ろから刺されないようにね……」

「怖いこと言わないでよ……」

しばらく二人で話していると、ミアがニコニコ顔で帰ってきた。

「うむ。万事うまくいったぞ」

「そう。それは良かったわ」

「明日の公示が楽しみですな」

「そうだな」


翌朝私は掲示板の前で固まってしまう。

『学長選挙立候補者一覧』
・クロト・カフン　三年生
・ロイス・シュレック　三年生
・セリナ・エルス　二年生

立候補者演説

「さあ、皆様。今日は学生長立候補者の演説日です。なにかと注目されている今回の選挙ですが、各候補者どのような演説を行うのでしょうか。それでは準備ができるまでもうしばらくお待ちください」

全学生が集められた講堂の壇上で司会の学生が拡声魔法を使って進行をする。

私は他の二人の候補と一緒に演説を行うべく座って待機している。

クロト先輩なんて、「またしても私の邪魔をするのか」って目でこっちを睨んでくるし。

なぜこうなってしまったのか。

数日前の私に会えるなら、今すぐミアが部屋を出て行くのを止(や)めさせる。

掲示板に候補者が張り出されたあと、私はすぐさま取り消しを要請しに行ったが、認められなかった。

その足で間髪容(かんはつい)れずにミアに抗議をしに行った。

「おい。これはどういうことだ」

「セ、セリナ……。その、怖すぎるぞ……」

「なんで私の名前があるんだ」

すでに私の威圧感に気圧されたイスラは机の下に避難している。

「そ、そのだな。さすがに立場的に私が立候補するわけにもいかないと思ったというか……」

「ほう」

「それに……。イスラを立候補させるのもなんだかなぁと思って……」

「ふーん」

「だ、大丈夫だ。今回は派閥闘争がメインだから、セリナが通ることはないはずだ」

「へえ」

「うぅ……。頼むから許してくれないか……」

ミアが涙目で懇願してくる。

「はぁ。仕方ないわねぇ」

「本当か」

「その代わり、ミアには働いてもらうからね」

「もちろんだ」

さすがに親友が泣きそうな顔で許しを求めてきたら、これ以上いじめるのもかわいそうになる。

ともかく、しばらくはミアをこき使ってやろう。

「ところで、クロト先輩は知っているけど、もう一人のロイス先輩って誰？」

　私は机の下を覗きこんでイスラに尋ねる。

「ひぃ！　お許しください！　お許しください！　私には愛する妻と夫がいるんです！」

「なにわけのわからないこと言ってるのよ。てか、あんたその家庭の何者よ」

　イスラを机の下から出してやりながらツッコミを入れる。

「ああ、元に戻ってくれたのね。ホント、セリナが怒ると怖いんだからね」

「はいはい。それで、ロイス・シュレック先輩って誰？」

「ロイス先輩は侵攻派の筆頭だね。シュレック侯爵家の嫡子よ」

「なるほど」

「なるほどって、ミアは知り合い？」

「いや、ロイス先輩のことは知らない。だが、シュレック侯爵家は貴族の中でも武断派で有名な家でな。帝国との戦争でも武勲を挙げている」

「あ、そういえば。昔シュレック家がワーガルに攻めてきたことがあるってフランクさんから聞いた気がする」

「ああ、先日戦史の授業でも出てきたな。当時自警団だったワーガル騎士団が名を上げた戦いのはずだ」

「うわぁ……。どっちも因縁がある相手じゃない。最悪……」

　私とミアが話していると、イスラが頬を膨らませながらこちらを見ていた。

　ああ、きっと自分が会話に入れないから少し拗（す）ねているんだな。

全く、可愛いやつめ。

「ねえ。私たちはシュレック侯爵家については知っているんだけど、ロイス先輩個人は知らないの。改めて、イスラ教えてちょうだい」

「ああ、私からもお願いする」

「ふふふ。もちろんよ！　ロイス先輩はシュレック侯爵家始まって以来の天才と言われているそうよ」

「なるほど。つまり強いのか」

ミアが目を輝かせながら尋ねる。

ルクレスさんの英才教育の賜物（たまもの）である。

女子としてどうかとは思うが……。

「強いのなんの。入学以来決闘で負けたことは一度もないって話よ」

「ほう」

「ミア、お願いだから選挙前に問題を起こさないでね」

「う、うむ。わかっている」

ミア、頼むから本当にお願いよ。

なにか起こしたらルクレスさんに泣きついてやるからね。

「あとね、三年生のネリン・エッサ先輩っていう側近が居るの。伯爵家の人らしいよ」

「エッサ家ってシュレック家に仕えているの？」

「いや、エッサ家は王国南部の貴族だったはずだ。シュレック家とは地理的に離れすぎている」

　こういうときミアは頼りになる。

「なんでも、一年生のときにネリン先輩がロイス先輩に陶酔したみたいよ」

「うわまじかぁ……」

「あとは噂によるとロイス先輩、一昨年の修羅の塔返還のときには納得できなくて、街道のモンスター相手に大暴れしたそうよ」

「ええ……。ガチのやつじゃん」

「だから、セリナ」

「うん」

「気を付けてね！」


　あのときのイスラの微笑(ほほえ)みは今でも忘れない。

　あれは「いざとなったら葬儀には参列するからね」って目だった。

　もはや、猛獣二頭の檻に入れられたウサギ状態だ。

「お待たせしました。これより演説を開始します。まずはクロト・カフン候補、前へ」

「はい」

　クロト先輩が壇上に上がる。

　いよいよ始まった。

「皆さん。三年生のクロト・カフンです。今この世界は大きな流れができています。一昨年の帝国に対する修羅の塔返還、南方のエシラン共和国との通商条約。そう、世界がまとまるときがきたのです。未来を担う我々こそこの流れを受け継がなくては…………」

それからクロト先輩は過去の魔王侵攻のようなことに対応するためにも融和が必要だとか色々なことを言って演説を終えた。

ハッキリ言って融和派の宣伝だったが、無派閥層の票を獲得するためにカッコいいことを言っておくことが重要なのだろう。

「ありがとうございます。次はロイス・シュレック候補、前へ」

「ああ」

そう言うと私の隣に座っていたロイス先輩が立ち上がる。

先日クロト先輩を助けたコート先輩とは対照的にがっちりとした体格で、金髪も短く刈っていた。

「皆の者、ロイス・シュレックだ。長々と話すつもりはない。まず、一言。君たちは王国を愛しているか」

その一言に会場はざわめく。

「続けよう。そもそも、学年の関係で立候補できないコートの傀儡(かいらい)であるクロトや、腕がありながら日用品しか作らない腑抜(ふぬ)けの娘が立候補しているのが不愉快である」

会場はさらにざわめく。

「最後に。帝国や共和国を手に入れれば、そなたらの家も豊かになるぞ。以上だ」

それだけ言うとロイス先輩は席に戻ってくる。

会場は未だにざわつきが収まらない。

「皆様、お静かにしてください！　次は最後の演説です。セリナ・エルス候補、前へ」

「はい」

私は腸（はらわた）が煮えくり返るほどの怒りを抑えながら、壇上へと向かう。

「どうも。先ほどご紹介に預かりました、腑抜けの娘です」

会場に笑いが起こる。

「えーと。私は知っての通り、融和派でも侵攻派でもありません。というか派閥争いに興味はないです。うるさいし、邪魔だし。なにより王国の今後がどうとかより、学生長になったらなにしてくれるかの方が重要だし」

私は一呼吸置いて続ける。

「えー、というわけで。私はこの学校をどうしたいかについて話したいと思います」

それからは、学生長令を使ってできることや学校に交渉していくことについて話した。

なんでこんなにも真剣に演説しているのか自分でも不思議であったが、やはりお父さんをバカにされて頭に血が上っていたのかもしれない。

気が付けば持ち時間いっぱいまで話してしまい、司会の人に止められてしまった。

「うわぁぁぁぁ！　はずかしぃぃぃ」

「いや、いい演説だったぞ」

「うんうん。私も感動したよ」

「あああぁぁぁあ」

「おいおい。枕に向かって叫び過ぎだろう……」

私は今自室のベッドで悶絶している。

演説が終わるなりダッシュで部屋に帰ってきた。

が、急ぎ過ぎて鍵をかけるのを忘れていた。

そのためあとを追いかけてきたミアとイスラの侵入を許してしまった。

これでは自害できない。

「ミア、私を雷虎の錆（さび）にしなさい」

「できるか！」

「なら、イスラ」

「私は武器持ってないよ！　てか持っててもやらないよ！」

どうしてこうなってしまったのよぉぉぉぉ！

選挙活動

イスラが期末試験にてんてこ舞いとなっていた頃、私は私で大忙しであった。

私は勉強ができたので、別に試験では苦労していない。

期末試験明けには学生長選挙の投票がある。

それに向けての選挙活動で苦労をしていた。

最初は乗り気ではなかったのだが、演説であそこまでしてしまったことや、二人に説得されたこともあり、本格的に選挙活動を始めた。

というよりも、「ミアにも働いてもらう」の意味をどう取ったのか、ミアは自分にラブレターをくれた相手に片っ端から私の応援を頼みに行っていた。

さらに、ミアが涙ながらに私の応援演説をしまくるものだから、どんどん支持者が増えていく。

気が付けば、私の周りにはいつも握手を求める人だかりができている。

ルクレスさんと違ってポンコツではないという昔の評価を改めよう。

「次の人どうぞ」

「あの！　この前の演説、感動しました！　頑張ってください！」

「ありがとうございます。では次の人」

「派閥のアホどもに目にもの見せてやってください」

「ええ、頑張ります。では次の人」

最近は試験時間以外、夕食後部屋に戻るまで、ほとんどこんな感じである。

イスラとは別の意味で試験が早く終わってほしい。

というかこんな時期に設定したやつらを呪ってやりたい。

「ふぃ……。おわったぁ……」

私は部屋に戻るとベッドに飛び込む。

ああ、幸せ。

「このまま寝ちゃいたいなぁ……」

が、お母さんの顔がよぎる。

うぐ。全く強烈な母親だ。

ちょっとだらしないことをしようとすると、いつも頭に出てくる。

「はあ。髪の毛を梳くか」

お父さんが作ってくれたお母さんとお揃いの櫛を使って髪の毛を梳いていく。

お母さんと同じ栗色の髪は私の自慢だ。

こうしていると、お父さんに髪の毛を梳いてもらっているお母さんの幸せそうな顔を思い出す。

なんというか、私と弟が恥ずかしくなるぐらい仲がいい。

まあ、基本的にお父さんが尻に敷かれてるけど。

そういえば、コウキは元気かしら。

冒険者になってアベルさんにしごかれているはずだけど。

忙しさのせいか、つい家族のことを思い出してしまい、早く夏季休暇にならないかと思ってしまう私であった。


「今回の選挙、ダメそうだね」

「申し訳ありません。私がもっとちゃんとしていれば」

とある教室で融和派の会合が開かれていた。

クロトも懸命に選挙活動をしていたのだが、どうにも旗色が悪い。

融和派の中にも離反するものが出ているほどだ。

「いいよ。クロト君のせいじゃないさ。それよりも僕のために苦労をかけたね」

「いいえ！　コート先輩のせいではありません」

「はは。ありがとう。しかしどうしようかね」

「こうなったらせめて、シュレックのクソ野郎が勝たないようにするのが良いかと」

「僕も同じ考えだよ」

「では」

「ああ、融和派はセリナちゃんに入れよう。クロト君には悪いけど」

「いえ、仕方のないことです」

「なに、融和派が侵攻派に負けたわけじゃないんだから。そんな暗い顔をしないで」

コートはクロトの肩をポンと叩いてやる。

その光景を見た融和派の女子は歓喜していた。


「さてさてどうしたものか」

俺は独り部屋で考えていた。

今回の選挙戦では侵攻派の人間はかなり増えた。

それだけでも一定の成果と言える。

だが、選挙に勝てるかと言えば別であった。

融和派よりは人数が多いことは確かだが、腑抜け陣営にかなりの支持が集まっているのも事実である。

特にあのトレビノ公爵家の娘が選挙参謀をしているのが厄介だ。

貴族の位にしても、血筋にしても、実力にしても、外見にしても、どれをとっても侵攻派のどの幹部も遠く及ばない。

あの女が居るだけで腑抜け陣営には人が集まる。

個人的にも一度手合せ願いたい相手である。

加えて、敗北の確定している融和派の動きも予想できる。

大方あいつらはこちらを勝たせないために腑抜け陣営に投票するのだろう。

そうなればまず、こちらに勝ち目はない。

「となればこうするしかないか。ネリン」

「なんでしょうか」

俺の声に反応して部屋の外で控えていたネリンが入ってくる。

「全侵攻派に伝達だ。我々は腑抜け陣営に投票する」

「はっ。しかし良いのですか」

「ああ。どうせ融和派の連中が投票して腑抜けが勝つ。そうなれば敵対するだけ無駄だ。それよりも多少なりとも腑抜けとの関係があった方がいい」

「なるほど。そういうことですね」

「あくまでも我々の敵は融和派だ。今のところはな」

「承知しました。伝えて参ります」

そう言うと、ネリンは頭を下げて部屋を出て行く。

学生長

期末試験も終わり、投票も終わった翌日、掲示板にはデカデカと選挙結果が張り出されていた。

学生長選挙結果
・セリナ・エルス　　３７４票　当選
・クロト・カフン　　０票
・ロイス・シュレック　０票

「は？　へ？」
私はわけもわからず混乱した。
自分が当選したのはまあ、この際良しとしよう。
だが、なぜ他の二人が0票なのか。
なぜ自分に立候補者を除く全学生の票が入っているのか。
全く意味がわからなかった。

「おお！　おめでとうセリナ」

横でミアは大はしゃぎしているが、私はそれどころではない。

今ごろ追試を受けているイスラも大変だろうが、それどころではない。

これどうすんだ？

「セリナ君、とりあえずおめでとう」

「おお、ホルスト殿」

「ミア様もご支援が実り良かったですね」

「まあ、セリナなら大丈夫だと思っていた」

ミアがホルスト先生に胸を張る。

いやまあ確かにあんたの力は大きかったけども。

「あ、あの。ホルスト先生」

「なんだ」

「これって当選辞退できたりは……」

「なにを言っているんだ。我が校、始まって以来初の全票獲得当選だぞ。辞退などなぜする必要がある？　まあ、ルールとしても辞退できないが」

「ですよね」

はあ。こうなったら腹を括(くく)るしかないか。

ともかくこれからについて考えよう。

当選が決まってから、学長に挨拶をして、学生長室へと向かった。

明日に迫った就任演説を考えなくてはならない。

ミアとイスラには責任をとって私の任期中、雑務をやらせることにしている。

まあ、イスラは追試でこの場にはいないが。

「さて、ミア君」

「なんでしょうか。学生長殿」

「お茶をくれないか」

「お言葉ですが学生長殿。私は召使ではありません」

「そこはわかりましたって言うところでしょ」

「いや、現実問題、私の淹れるお茶はマズイだろう」

「はあ。そうだった」

結局私が二人分のお茶を淹れて、就任演説の準備に取り掛かるのであった。

「ええと、皆さんこんにちは。学生長になりましたセリナ・エルスです」

翌日の午後、今学期最後の登校日に私の就任演説が行われた。

一応この日から私の仕事は始まるのだが、通例では夏季休暇明けから新学生長の仕事が始まる。

だが、せっかくなので一発かまそうというミアと話し合いをした。

はっきり言って融和派や侵攻派に良いようにされるつもりはなかったので、そのことを最初から表明していくべきと考えたのである。

いくつかの当たり障りない挨拶を終えたのち、私は本題に入る。

「では、早速ですけど。新学生長としての仕事をさせて頂きたいと思います」

学生たちは何事かと面白そうにしている。

各派閥の幹部を除いて。

「えっと、学生長令第1号の提案をします」

ざわめきはさらに大きくなる。

「立候補演説で色々と話しましたが、それらはおいおいやっていくとして。決闘と派閥争いに嫌気が差している皆さんのため、即効性のあるものを提案させて頂きます！　学生長令第1号の内容は『本校学生同士での決闘においてトウキ製品の使用を禁止する』以上です。はい賛成の人拍手！」

場の流れや雰囲気に当てられてか、一部の人間を除いて拍手が湧きあがる。

「はい。賛成多数で可決ですね。じゃあ、就任演説終わり。ご清聴ありがとうございました」

「いやー、びっくりしたよー。私追試で全然今日の演説内容知らなかったからさ」

演説終了後、学生長室でいつもの三人衆でお茶をしている。

「それよりも。あんたは試験大丈夫だったの？」

「うん。ミアが教えてくれたからね」

「イスラ、頭は悪くないんだから、ちゃんと勉強をしろ」

「すみません。それはともかく、なんであんな学生長令を？」

「それはね。まずもってお父さんのアホみたいな製品があるから、皆簡単に決闘とかしちゃうのよ」

「あー、それはあるね」

「それにね」

「うん」

「この学校には立派な鍛冶場もあるし、素晴らしい鍛冶の先生も居るのに誰も鍛冶をしないんだもん。なんだか悲しくてね」

「おお、さすが鍛冶屋の娘ですな」

イスラに言いながらも、自分でもびっくりしている。

将来鍛冶屋になるつもりはなかったが、それでも私はずいぶんとお父さんに毒されているんだなと改めて感じている。

この学校の鍛冶場に初めて行ったとき、道具という道具が新品同様であった。

けれども、ホコリは被っていなかった。

ホルスト先生が毎日手入れをしていたからだ。

それを知ってから私はなんだか心に引っ掛かりを持っていた。

今回は決闘云々（うんぬん）と皆には言ったけど、正直私のわがままの部分も大きい。

ともかく、可決できて良かった。

「これで、決闘用に武器を作る学生が現れるといいな」

「はは。ミア、ありがとう」

「けどさ。よくこの文面にしたよね」

「ん？　イスラ、どういうこと？」

「このルールだとミアも雷虎使えないよね」

イスラが学生長令作成時に居なかったことが悔やまれる。

里帰り

私は今、王都からワーガルに向かう馬車に揺られている。

もう少ししたら、到着する予定だ。

今後の学生長活動については悩んでも仕方ないので、夏季休暇明けに話そうということになり、イスラとミアにも色々考えてもらうように頼んでいる。

「しかし、セリナちゃんも大きくなったな」

「いやいや、去年の夏も会ったじゃないですか」

馬車の御者のおじちゃんと会話する。

すでに馬車には私しか乗っていない。

「そうだったか。そういえば今年は友達は来ないのかい？」

「ええ。今年は二人共予定があるそうなので」

「そうかい。おお、ワーガルの入り口が見えてきたぞ」

おじちゃんの言葉に私も外を見る。

ふむ。いつも通りの入り口だ。

ハッキリ言ってなんの感慨も湧かない。

なにせ長期休暇のたびに帰省している。

帰省しないとある人がとんでもなく嘆き悲しむ。

去年の冬期休暇に帰省しないでおこうかと思って手紙を書いたら、毎日のように涙で滲んだ手紙を送ってきた。

まあ、今回の帰省には目的があるからいいんだけど。

「よし、到着じゃ。それじゃあ、トウキさんとエリカさんによろしくな」

「はい。ここまでありがとうございました」

私は馬車を降りると、街に向かって歩き出す。


「あら、セリナちゃんお帰りなさい」

「雑貨屋のおばさん。ただいま」

「またお店にいらっしゃいな」

「はい。落ち着いたらお邪魔しますね」

「まあまあ。すっかり貴族のお嬢様になっちゃって」

「あはは……」

道を歩けば会う人会う人から挨拶される。

まあ、これでも一応領主の娘だしなぁ。

実感は全くないが。

それにしても、やっぱり全然変わってないなぁ。

実家を目指しながらそう思う。

王都なんかだと、三カ月もあれば新しい店ができたり、施設ができたりするのに。

この街は私が生まれてからほとんど変わってない。

「おお、セリナか。お帰り」

この街で一番豪華な建物の前に来たとき、元気な声に呼び止められる。

「フランクさん、ただいま。なにしてたんですか?」

「いや、ギルドの前を掃除していただけさ」

「なるほど。てっきり冒険に行く前かと思いましたよ」

「ははは。さすがに最近は若い者に任せているよ」

「そう言いながらも、昔を思い出すとか言ってピナクル山に行ったって、手紙でお母さんが書いてましたよ」

「むう。あのあとリセにしこたま怒られて大変だったんだ。『あなたはもう六十歳なんですからね!』とな。自分としてはまだ動けるのだが……」

「あはは……」

あんたみたいな六十歳が居てたまるかと正直思う。

多分未だにアベルさんといい勝負するんじゃないかな。

「それでは、私はこれで」

「ああ、早くトウキとエリカに元気な顔を見せてやるといい」

「はい。あと、コウキのことお願いしますね」

私はぺこりと頭を下げると家へと急いだ。


「ただい……うわっ」

玄関のドアを開けて挨拶をしようとしたら、いきなり衝撃が私を襲った。

いやまあ、原因は見当つくんですけどね。

「セリナぁぁぁぁ！　お帰りぃぃぃ！　会いたかっ、ぐほ！」

私に抱き着いたお父さんを、お母さんが一撃で沈める。

「あのねトウキ。もうセリナも十九歳なの。会いたかったのはわかるけど抱き付くんじゃないわよ」

去年の夏も十九歳の部分が十八歳だっただけで全く同じ儀式を行った記憶がある。

しかし、私が貴族学校に行ってからというもの、お父さんはますますキモくなった。

「はあ。ともかく、お帰り。疲れたでしょ」

「ただいま。ちょっとね。いや、さっきのでドッと疲れた」

「トウキはあとでお母さんが締めとくから、とりあえずお風呂でも入りなさい」

「うん。そうする」

お母さんに促されるまま、お風呂に向かう。

数少ないお父さんの評価ポイントとして、我が家の風呂がある。

これはお父さんが作った物でやけに高性能である。

というか、年々アップグレードされている。

「さてさて、今回はどんな感じかな」

湯船につかる前に、お風呂に対して鑑定スキルを使う。

【匠の風呂】
攻撃力　500　防御力　1000　保温（極大）　美肌効果（極大）
疲労回復（極大）　汚れ除去（極大）　育乳（中）

うん。もうこの際お父さんの作品だから、お風呂にとんでもない攻撃力とか防御力があるのはどうでもいい。

浴槽を振り回して戦う人もいるかもしれない。

そして色々な効果もありがたい。

特に美肌効果は嬉しい。

けど、最後のはなんだ？

こんなものこの前帰省したときにはなかったぞ……。

ちらっと自分の胸を見る。
いや、お母さんほどではないにしろあるはずだ。
少なくともリセさんよりあるはずだ。
うん。ジョゼ姉といい勝負のはずだ。
それにまだ焦るような歳じゃない……はずだ。
そう言い聞かせながら、いつもより長風呂をしてしまったのだった。

第2章　夏休み編

鍛冶屋の一家

風呂から上がった私が見た光景は、お父さんがお母さんに謝るものであった。

「あんたこの前私が鑑定した能力からお風呂変えてなかったの!?」

「いや、育乳（小）から育乳（中）に変えていたはずだ」

「そんなこと聞いてんじゃないわよ」

「いやだって」

「だってなによ」

「この歳で新しい能力を付与できたのが嬉しくて……」

「はあ。その好奇心でどんな目に遭ってきたと思ってるのよ」

「うっ。そ、それにだな」

「それになによ」

「セリナがこの前帰ってきたときに、ぼそっと『イスラの胸いいな……』って言ってたのが聞こえ
……ごはあ！」

私の綺麗な飛び蹴りがお父さんに決まる。

なるほどそういうことか。

確かに言った記憶がある。

「はあ……。セリナ、ご飯にしましょうか」

「うん。手伝うよ」

「あら、ありがとうねえ」

私とお母さんは、白目をむいているお父さんを置いてキッチンに移動する。


伯爵がエプロン着けてフライパンを使っているなんて学校で言っても、実際に見た二人以外は誰も信じてくれなかった光景が広がる。

「そういえば、お父さんも鑑定が使えるようになったんだ」

「そうなのよ。まさかこんなことになるとは思わなかったけど。あ、それ取ってくれない」

「はい、どうぞ」

「けどまあ、トウキも悪気があったわけじゃないから許してあげてくれないかな」

「ああ、うん。まあ、お父さんはいつものことだし。気にしてない」

「なら良かった。けど、セリナも長風呂するぐらいだから満更でもないんでしょ？」

「お母さん。鍋ふいてるよ」

「ああ！」

ふう。鍋グッジョブ。

次に胸の話題を出したら、お母さんの胸を毟ってやろう。

「そういえば、コウキは居ないの？」

「コウキならしばらくはクエストで居ないわよ」

「そうなんだ。忙しくしてるんだ」

「最近Cランクに上がったとかで、気合入ってるのよ」

「へぇー。それはすごいじゃん」

トウキショック以来、ギルドのランクはとんでもなく厳しくなったそうだ。

私は冒険者じゃないから詳しくはないけど、リセさんやジョゼ姉に聞いたところ、一人前のCランクになるには、昔のAランク相当のクエストをこなす必要があるらしい。

なんだ、弟も頑張ってるじゃない。

まあ、親バカ二人組がアホみたいな装備を作製した上、アベルさんやジョゼ姉とパーティー組ませたから当然と言えば当然だが。

おそらくこのままいけば、コウキの持ってる槍が名工トウキ最後の武器になるんだろう。

………いくらで売れるだろうか。

「ところで、そっちの方はどうなの？」

「そっちって」

「恋愛よ恋愛。私がセリナくらいのときには……ん？　あれ？　そういえば、トウキと私って恋人の時期がなかった気が……」

「ええ!?……」

そのとき、リビングからドタドタドタと大きな音がする。

「俺より鍛冶の腕が立たない男は認めんぞ！」

「はいはい。お父さんと比べてたら私死ぬまで一人だから。その基準は却下」

「うぅ……」

「いや、そんな顔されても困るから」

はあ。帰ってきて早々ほんと騒がしいんだから。

まあ、嫌いじゃない。

うん。嫌いじゃない。

「そういえば、ルクレスがセリナに会ったって言ってたな」

「ルクレスさん、ワーガルに来たの？」

「ああ、帰ってきたってニュースから少ししてな。エクスカリバーのメンテナンスを頼まれたんだ」

「そうなんだ」

「まあ、大してすることもなかったんだが」

ご飯ができて、家族三人で囲んでいる。

食卓で普通に聖剣の話やら英雄の話やらが出るあたり、異常といえば異常だが、我が家では日常である。

おまけに、当の英雄本人が一緒にご飯を食べていることもある。

「ミアちゃんとイスラちゃんは今年は来ないの？」

「うん。ミアはルクレスさんに鍛え直してもらうって。イスラは家族で旅行なんだって」

「あら、残念。お母さん一応、宿だけ準備してたのに。あとでリセさんにキャンセル入れとかないと」

「伝えてなくてごめんなさい」

「いいのいいの」

こうして家族の時間は過ぎていく。

ワーガルの街

帰省して翌日、私はお父さんの方のおじいちゃんのお墓参りをしていた。

この辺は私が小さいときに大規模に整備されて、今では綺麗な庭園風になっている。

昔お父さんが襲われたというのがウソのようである。

「ええと、無事帰ってきました」

おじいちゃんに報告する。

私は会ったことがないけど、かっこよかったとお父さんは言っている。

というより、うちのお父さんがかっこわるすぎるだけではないかと思う。

「じゃあ、また来ます」

そう言って街に戻っていく。

今回の帰省ではちょっとした目的もあるのだが、それは少し後回しにしてしばらくは自由に遊ぼうと思う。

さて、なにしようかなぁ。

「ジョゼ姉、遊びに来たよ」

「セリナちゃん、いらっしゃい」

「とりあえずいつものください」

「はいはい。全く頼む姿だけはベテランの冒険者みたいね」

「ふふふ。ここには何年も通ってますから」

とりあえずひと通り知り合いに会いに行こうと考えた私は、昼食を食べにギルドの食堂にやってきた。

ここでは、ジョゼ姉が働いている。

年齢的には『姉』って歳ではないけど、昔からそう呼んでるし、なにより未だに可憐な姿のままだ。

これで一児の母なんだから驚きだ。

ジョゼ姉は『紫電（しでん）』と呼ばれていた元Sランク冒険者だけど、子どもができたのを機に引退して食堂で働いている。

「そういえばアベルさんは居ないんですか？」

「アベル君なら、コウキ君に付き合っているわ」

「あ、そうなんですか。お世話になってます」

アベルさんは身の丈ほどもあるグレートソードを使うことから、『剛剣（ごうけん）』の二つ名で知られるSランク冒険者であり、ジョゼ姉の旦那さんだ。

今はコウキの師匠となっている。

「いいのよ。なんだかんだでコウキ君の面倒を見るのが好きみたいだし。ちょっと料理の用意してくるわね」

そう言ってジョゼ姉は私の注文した品を作るためにキッチンへと移動する。

私はでき上がるまで暇なので、食堂に併設されているギルド兼宿屋の受付へと足を運ぶ。

ギルドの待合室には多くの冒険者が控えている。

相変わらずの活気である。

受付では女性と男の子が働いている。

「リセさん、アトル君、こんにちは」

「あら、セリナちゃん。お帰りなさい」

「あ、セリナ姉さん。お帰りなさいっす」

リセさんは相変わらずの美しさである。

なんというか歳を重ねるごとに魅力を増している気がする。

アトル君はアベルさんとジョゼ姉の息子で、冒険者ではなくギルドの受付を目指しているちょっと変わった子だ。

あの二人の子どもならきっと冒険者の素質があると思うんだけどなぁ。

…………鍛冶屋を継ぐ気のない私が言うべきじゃないか。

「昨日帰ってきたんだよね？」

「はい。フランクさんには挨拶したんですけどね。リセさんは今日になっちゃいました。それはそうと、なんで二人共少し笑ってるんですか？」

「無理もないっすよ。昨日は朝からトウキさんとエリカさんが『セリナが帰ってくる！』って街中で言いふらしてましたから」

「はぁ。それで昨日は妙に皆に挨拶されたのね」

全く、あの二人は……。

「で、王国最高齢ギルド長殿はどこに」

「ああ、あの人なら騎士団に行ってるわ。息子たちの様子を見てくると言って」

「なるほど。ほんと元気ですねぇ」

「全く、あの人も年齢を考えてほしいわ」

「セリナちゃん！　できたよー！　そっち持って行くね」

「あ、ありがとうございます」

ジョゼ姉ができたての料理を持って来てくれる。

「せっかくだから皆で食べましょう」

そう言って、自分の分とリセさん、アトル君の分も持ってくる。

「まあ、ジョゼちゃん。ありがとうね。じゃあ、業務はいったん休憩にしましょ」

「母さん、ありがとう」

「いえいえ。どういたしまして」

四人で昼食を食べることにした。

うむ。一流コックの居る学校の食堂も悪くないが、ここの料理も負けてないな。

「そういえば、リセさんは王都の学院に行ってたんでしたよね？」

「もう何年も前のことよ。懐かしいわ」

「確か、フランクさんとはそこで出会ったとか聞きましたけど」

私がそう言った途端、ジョゼ姉が私のことを凝視する。

一体どうしたんだろう？

「ええ、そうなのよ。実はね………」

リセさんワールドに長々と付き合わされた私は、食後の運動がてら騎士団の駐屯所に足を運んだ。

ジョゼ姉の視線の意味がわかった。

もう絶対にあの話題は振らないと心に誓った。

駐屯所の見下ろせる少し小高くなったところに腰を下ろす。

訓練場を見ると、フランクさんがトングを手にして、汗びっしょりになりながら騎士団員数名を相手に模擬戦をしていた。

「やあ、セリナちゃん」

「あ、カデンさん、フランさん」

訓練を見ていた私に二人の騎士団員が話しかけてくれる。

フランクさんの長男で『ヤカンのカデン』で知られる現騎士団長と、次男で『まな板のフラン』

で知られる現副騎士団長である。

攻めのカデン、守りのフランとも呼ばれているそう。

「訓練の見学かい」

「はい。久しぶりに見に来たんですけど、フランクさんは相変わらずですね」

「ああ、親父はなぁ。もうあきらめてるさ。まあ、俺たちとしても団員の訓練になるし、いいかと開き直っている」

「ですよね」

「というかフラン。お前もなにか話したらどうだ」

「どうも……。お久しぶりです……」

「こちらこそお久しぶりです」

私とフランさんはお互いペコペコと頭を下げる。

フランさんは昔から寡黙な人だ。

とはいえ、別に暗い人ではないし、悪い人でもない。

私も小さい頃からお世話になっている。

「じゃあ、俺たちは訓練があるから行くね。好きに見ていってよ」

「ありがとうございます。訓練、頑張ってください」

手を振って二人を見送る。

それからしばらくして始まった、親子の激闘を見学したのち帰宅した。

「ただいま」

「おお！　セリナ殿お帰り」

「あ、はい」

なんで家に帰ってきて、お父さんでもなくお母さんでも弟でもなく、英雄さんが出迎えてくれるのだろう？

思わず、変な返事をしてしまった。

「さあ！　飛び込んでくるがいい」

そう言って、ルクレスさんは両手を広げている。

いや、帰省してまだお母さんともハグしてないのに、ずいぶん積極的だなぁ。

「はあ。いいですけど、絞殺しないでくださいねえ」

「当たり前だ」

「じゃあ、えい！」

思いっ切り飛び込む。

タックルのレベルで飛び込む。

が、ルクレスさんは全く動じない
「おお！　そうかそうか！　そんなに嬉しいか！」

なんでこうも私の周りは規格外だらけなのか。

現在、四人で夕食を食べている。

ただ、弟ＯＵＴ英雄ＩＮの四人である。

「なんでルクレスさんがここに居るんですか？　確かミアが訓練を付けてもらってるはずでは？」

「ああ、実はな。これも訓練の一環なんだ」

「どういうことですか」

「今はな、ミアと鬼ごっこ中なんだ」

「「はあ!?」」

鬼ごっこってなんだよ。

そして、なんで鬼ごっこでうちに来るんだ。

「なんだかこういう冷ややかな視線を受けるのも懐かしいな」

「いやいや。ルクレス、お前どういうことだよ」

「おお、私を呼び捨てにする無礼者め」

「はいはい。トウキのことを打ち首にしてもいいけど、エルス家は残してね」

「うむ。そうなればエルス家を取り潰して、セリナ殿を私の養子にするというのも…………」

「お父さんもお母さんもルクレスさんも本題からずれてるわよ」

「いや！　お父さんはずれてなかったから」

結局ルクレスさんが言うにはこういうことらしい。

訓練を始めるにあたり、屋敷の訓練場でやるような訓練は面白くもないと二人共意見が一致したそうだ。

この辺から一般人の私には意味がわからないのだが。

そこで、ルクレスさんが一日早く屋敷を出て、ミアが夏休み中に捕まえることができれば勝ちというゲームをすることにしたのだという。

ルールは簡単で移動は必ず自分の足でなくてはならない。

「私が勝ったらミアを一日メイドにできるのだ」

「ちなみにルクレスさんが負けたら」

「聖剣をやるぞ」

「「「あんたアホか」」」

エルス家の心が一致した。

と、そのときだった。

家の外から声がする。

「すみません！　英雄来てないですか」

「ええ、来てますよ」

そう言って一階の玄関を開けてあげる。

予想通り、ミアが立っていた。

「ちょ！　セリナ殿！　裏切ったな」

一階に駆け下りてきてそれだけ言うと、ルクレスさんは裏口から素早く出て行く。

「あ！　叔母上！　お待ちください」

「待てと言われて待つわけがなかろう」

「セリナ、ありがとう！　また休み明けね」

「頑張ってね」

そう言ってミアも裏口から出て行く。

その間、うちの両親は平然とご飯を食べていた。

私もミアを見送ると食卓に戻る。

「なんというかルクレスは相変わらずだな」

「ホントにね。ここなんていの一番に探しに来るでしょうに」

「まあ、バカ正直なところもルクレスさんのいいところだと思うよ」

「それもそうだな」

こうして騒がしい一日が過ぎていく。

鍛冶屋の姉弟

帰省して明日で一週間となろうとしていた。

そろそろ、帰省した目的を果たさないとなぁ。

そう思いながら、自室から出る。

朝からなにやら一階が騒がしい。

「お母さん、なにか……。ああ、そう言うことか」

「姉ちゃん！　見てないで助けてくれよ！」

玄関では黒髪の少年が中年女性に抱き着かれている光景が広がっていた。

ちなみにお父さんはいつものことと相手にしていない。

「怪我してない？　アベル君にいじめられなかった？　リセさんはちゃんと報酬払ってくれた？

ジョゼに毒を盛られなかった？」

「大丈夫だよ！　てか、どんだけ街の人を信用してないんだよ」

「コウキ、お帰り」

「ああ、姉ちゃんもお帰り。じゃなくて、母さんを剝(はが)すの手伝ってくれよ」

「無理よ。あんたで剝せないのに、か弱い私にお母さんを剝せるわけないでしょ。あきらめなさい」

「この薄情者！」

結局それから十分くらい母子の格闘は続いた。

お母さんはとんでもなくコウキのことが好きである。

なんでも若い頃のお父さんそっくりとのことだ。

「はぁ……、はぁ……。や、やっと助かった……」

「はい。これでも飲みなさい」

「ありがとう。絶対母さんは冒険者をするべきだ」

リビングに疲れ切った様子で座っているコウキにお茶を出してあげる。

お母さんはここ数日で一番テンションが高い。

鼻歌混じりに買い物に出て行った。

夕食は豪華にするそうだ。

「今回はそこそこの遠征だったみたいね」

「うん。アベルさんがCランクになったならこれぐらいのクエストをこなさないとって」

「そうなんだ。で、どうだったの」

「もちろん。バッチリ達成したさ」

「おお」

「今回はさ。魔法を使ってくる厄介なモンスターが相手だったんだけどな。サクッと倒してやったさ。アベルさんも驚きの顔を隠せてなかったよ」

「やるわねぇ」

「まあ、父さんが作ってくれたこいつがあるから」

そう言って、コウキは綺麗に輝く槍を掲げる。

「あれ？　前に見たのと変わってる」

「ああ。Cランクになったときに父さんが新しく作ってくれたんだ」

「へー。ちょっと見せてよ」

そういって、槍を鑑定する。

【グングニル】
攻撃力　8000　防御力　8000　光属性
重量削減（極大）　全ステータス強化（極大）　状態異常耐性（極大）　自動回復（極大）
切れ味保持（永久）　速度上昇（極大）　魔法耐性（極大）　耐久性（永久）

「は？　なにこれは？」

「なんでも、昔から貯め込んでた素材を惜しげもなく使ったとか言ってたよ」

「いやいやいやいや。え、なに？　あんた神とでも戦うの？」

「そんなわけないだろ」

ああ、お父さんも大概コウキに甘かった。

というよりこれ聖剣レベルの逸品じゃない。

そりゃ、アベルさんも驚くわよ。

全く、普段は日用品しか作ってないから忘れてたけど、攻撃することを目的とした武器を作らせればとんでもないんだった。

確かちょっと前に近衛兵の装備を改修したときには、初代雷虎ぐらいのショートソードを作ったとか言ってたし。

やっぱお父さんはおかしい。

数日後ジョゼ姉に会ったとき、「最近アベル君が自信をなくして元気がないんだけど、セリナちゃん理由わかる?」と相談してきた。

すみません。それうちのバカ親と弟のせいです。


その日は久しぶりに一家四人が全員揃った食事となった。

なんだか私が帰ってきたときより気合が入っている気がする。

「なあ」

「どうしたの?」

「その……、姉ちゃんはそれなりに美人だと思うぞ」

「いや、だからさ。その……」

「なによ。気持ち悪いわね」

「女性は胸が全てじゃないと思うぞ。なにも父さんに頼んであんな能力を風呂に付けてもらわなくて……やめろ！　そのナイフ、食事用だけど父さんが作ったやつなんだから！　頼むから下ろして！」

　そうだった。

　こいつも鑑定スキル使えるんだった。

　始末するしかない。

「ふふ。コウキもセリナも久しぶりに会えてはしゃいでるわね」

「ああ。姉弟の仲がいいのはいいことだ」

「母さんも父さんも和んでないで助けてくれよ！　ってか姉ちゃんなんでそんなに力強いの！」

　周囲の家は、「伯爵家が久しぶりに騒がしくなったな」と微笑ましく思っていた。

娘の願い

ささてさて、そろそろ帰省した本来の目的を果たしますかね。

私は一階の工房スペースで、コウキの槍をメンテナンスしているお父さんに話しかける。

「ねえ、お父さん」

「お、なんだ？　お小遣いか？　仕方ないなぁ。エリカには内緒だぞ」

「いや、違います。というより、まるで父親にいつも小遣いせびってる娘みたいにしないでよ」

「それともあれか？　お風呂になにか付けてほしい能力でもあるのか？　能力によっては素材の研究とかで時間が掛かるかもしれないけど。大丈夫、こっちもエリカには内緒にしてやるから」

「それも違う」

正直、ちょっと興味があるが。

「ふむ。まあ、冗談だよ。それで、そんな真面目な顔してどうしたんだ？」

「うっ。なんか恥ずかしくなってきた」

「おいおい。リラックスできるようにネタを挟んだお父さんの優しさを無駄にするのか」

「は？」

「おお……。なんだかだんだんエリカに似てきたな……」

「あのね」

「うん」

「私に鍛治を教え直してくれないかな」

「ふぉぉぉぉぉ」

そう叫ぶとお父さんは立ち上がって走り去って行った。

なんなんだ……。

どうやらお母さんのところに行ったようだ。

「エリカ！　エリカ」

「なによ、うるさいわね」

「聞いてくれ」

「いや、聞こえてるわよ」

「セリナが俺に鍛冶を教えてほしいって」

「はいはい。妄想を聞かされる奥さんの身にもなってくださいね」

「いや、ホントなんだよ！」

それを聞いて今度はドタドタ言わせながらお母さんが工房に入ってくる。

「セリナ！　どうしたの！　頭でも打ったの！」

「いやいや。大丈夫だから」

「トウキに教えを乞うたってのはホントなの!?」

「う、うん」

「ほぉぉぉぉ」

今度はお母さんが奇声を上げ始めた。

だからなんなんだ。

「良かったわねトウキ」

「ああ、本当だなエリカ」

今両親は私の前で手を握り合って涙を流している。

なんて忙しい夫婦なんだ……。

「これでこの鍛冶屋を閉ざさなくて済むわ」

「ああ、まさかセリナが後継者になってくれるなんて」

「本当に良かったわね」

「いや私、鍛冶屋を継ぐとは言ってないけど……」

「「えっ」」

急に夫婦揃って真顔でこっちを見るんじゃない。

心臓に悪いわ。

「じゃ、じゃあなんで鍛冶を学びたいんだ」

「いやー、学校でさ」

「うん」

「お父さんの製品使えなくなっちゃったんだよねぇ」

「なんで」

「私が禁止しました」

「なっ」

そこから、両親にこれまでの経緯を話した。

クロト先輩が決闘を申し込んできたくだりのときにはお父さんがコウキを連れてカフン邸に乗り込もうとして大変だった。

「というわけで、私の周りをガッチリ固めるために装備を作りたいなぁと思いまして……」

「うむ……。確かに貴族学校の鍛冶場が全く使われてないのは俺も悲しいな」

「でしょ」

「ただ約束だ。途中で投げ出すんじゃないぞ」

「はい。わかっています」

「ここを継げるくらいの勢いでやるぞ」

「はい。みっちりお願いします」

「じゃあ、明日から始めよう。今日は最後の夏休みだと思ってくつろぎなさい」

それだけ言うとお父さんは槍のメンテナンスに戻ってしまった。

その背中はなんだか嬉しそうだった。

セリナが鍛冶を教えてほしいと言ってきた夜、寝室でエリカに話をした。

「いやー、今日はびっくりしたよ」

「そうねぇ。まさかセリナが自分からトウキに教えてくれって言うとはね」

「本当にな」

子どものときからセリナは俺の手伝いをしてくれていた。

その流れで鍛冶についても教えていた。

同じ頃の俺よりも筋が良く、将来がとても楽しみだった。

けど、まあ年頃になるとさすがに女の子なので工房での作業はしなくなった。

「セリナが継いでくれたら嬉しいんだけどなぁ。もちろん、自分のしたい仕事をしてくれるのが一番嬉しいから、この鍛冶屋は俺で終わりでもいいんだけどね」

「そうだね。コウキも冒険者をしてるんだからね」

「さてさて、明日からみっちりしごいてやりますかな」

「今まで以上に嫌われても知らないわよ」

「え、待って。俺ってセリナに嫌われてるのか」

「じゃあ、おやすみ」

「ちょっと待って！　ねぇ！　エリカさーん」

「うるさい」

「ひどい」

親子二人三脚

やばい。

なにがやばいって、お父さんの鍛錬だ。

お父さんに教えを乞うた翌日から私の夏休みは消え去った。

お父さんのことだから、なんだかんだでゆるーい感じにしてくれるかなという淡い希望は一瞬でゴミ箱に行った。

まあ、みっちりお願いしますと言ったのは自分なので文句はないが。

文句はないがしんどい……。

午前中はお昼ご飯まで座学。

午後からは鍛冶の実技をすることもあれば、素材屋に行って素材選びをしたり、ときにはコウキを引き連れて素材集めに行ったりもした。

さらに気温と湿度の影響を知るために深夜に作業したり、早朝に作業したりすることもあった。

おかげでメキメキ実力は上がったものの、もうクタクタである。

「ぶはー。疲れた」

私は自室のベッドに倒れ込む。

自室はここ最近寝るためだけの場所と化している。

気が付けば夏休みもあと三日となっていた。

「お父さん厳しいなぁ。まあ、それだけ私に応えてくれてるってことなんだろうな」

聞くところによると、お父さんは王都にある今はなき鍛冶の専門学校に通っていたみたいだし、教え方は上手かった。

おかげで今では学生ランクは28というとんでもない数値になっている。

まあ、お父さんは鍛冶屋ランク34とかいう人間やめてる数値なんだけど。

御伽噺とかだったら絶対ラスボスだわ。

「ふわぁ。眠い。寝よ」

私は一瞬で意識を失う。


翌朝工房に下りると、真面目な顔をしたお父さんが立っていた。

「どうしたの？」

「今日で鍛錬は終わりにしようと思ってな」

「ええ！　本当!?」

「ああ。ただ、最後の試練としてなんでもいいから全力で物を作ってみてくれ」

「うん。わかった。鍛錬の成果を見せるね」

「材料はここにあるのを使ってくれ。期限は二十時まで。それじゃあ頑張るんだぞ」

お父さんの励ましを受ける。

うーん。なにを作ろうか。そしてどんな能力を付与しようか。

どうせなら、作ったあとも使えるものがいいな。

「よし。あれにしよう」

私は作製する物を決めると作業に取り掛かる。

座学の知識を思い出しながら付与したい能力に合った素材を選んでいく。

そして作りたいものをイメージしながら素材を溶かし、形にしていく。

あまりに集中しすぎて、途中でお母さんにお昼ご飯を食べるよう怒られてしまった。

そして、日が暮れて、期限まで三十分となったところで完成する。

「ふう。やっとできた。学生の私にはこれが限界かな」

自分の作品を鑑定しながらそうつぶやく。

「お父さん。できました」

「おお！　ふむふむ。うん、いいじゃないか。ただ、なんでこれなんだ」

「作ったあとも使えるものにしたかったのと、お土産(みやげ)にね」

「なるほどね」


普段は気にならないけど、ランク28ともなると本職に対する学生の下方修正の凄まじさを感じる。

ともかく、お父さんもこれなら許してくれるはずだ。

「うん。って、ちょ！」

そう言った途端、お父さんが突然抱きしめてくる。

ただ、それはいつものようにうっとうしさを感じるものではなく、温かさを感じるものであった。

「よく頑張ったな。大変だっただろ」

「うん。お父さん急に鬼教官になるんだもん」

「ははは。ごめんな。ただ、これでどこに出しても恥ずかしくない鍛冶の腕になったはずだ」

「ありがとう。トウキの娘に恥じないようにしないとね」

「まあ、それは気にしなくてもいいさ」

そう言うと、お父さんはそっと放してくれる。

ちくしょう。

普段はあれなのにこういうときはいいお父さんになるからずるい。

その日は、とってもぐっすり眠ることができた。

夏の思い出

私が作品を仕上げた翌日、我が家は四人揃って馬車に揺られていた。

せっかく家族が揃ったのだから旅行の一つでもしようと言うお父さんの提案にお母さんが賛成したことから急遽家族旅行が決まった。

我が家の多数決においては、お母さんが3票くらい持っている気がする。

「母さん、これどこ行きの馬車なの？　俺よく知らずについて来たんだけど」

「シアルドよ」

「シアルドって隣街じゃん！　いや、まあ隣と言っても確かに馬車の距離だけどさぁ」

「仕方ないでしょ。一泊二日なんだから」

「そういえば、シアルドってジョゼ姉の出身だよね」

「そうよ。セリナは行ったことがないんだっけ？」

「うん。ないなぁ。コウキはあるの？」

「ちょっと前にクエストの都合でね」

「ふーん」

「おお！　見えてきたぞ」

突然静かだったお父さんが声を出す。

お父さんが指差す先には海が広がっていた。

「わー。綺麗」

ワーガルには海がないため思わず見とれてしまう。

もちろん川はあるので泳ぐことはできるが。

うちの両親にしてはいいチョイスではないか。


宿に荷物を置くと、早速海に出かけた。

この時季なので宿では海グッズが色々売っていたので水着はそこで買った。

とある事情で持っていた水着は着ることができなかった。

「やっぱりいっぱい居るわね」

「そうだな」

両親は浜辺のお店でお酒を飲むと言って行ってしまったので、今は私とコウキの二人だ。

はあ。なにが悲しくて弟と二人で夏の海という最高のシチュエーションを過ごさなくてはならないのか。

まあ、水着のお母さんと一緒に居るのもなんだか嫌だったので悪くないのかもしれない。

なにせ、娘の自信を粉々に砕く見た目だった。

四十歳越えてあれってどうなってんだ。

我が家の風呂のせいか。

「とりあえず泳ぐか」

「そうね。せっかく来たんだしね」

もう開き直るしかない。

全力で楽しんでやる。

「どっちが先にあそこまで泳げるか競争な」

「いいわよ。負けたら飲み物奢(おご)りなさいよ」

弟と泳ぎを競い。

「おお！　姉ちゃん上手いな」

「ふふふ。どうよ」

弟と砂の城を作り。

「わあ！　やったな！　くらえ」

「ぎゃあ！　手加減しなさいよ」

弟と水を掛け合い。

「ほら、ジュース。さっきの賞品。全く泳ぎだけは俺よりできるんだもんな」

「ありがと。姉の意地を見たか」

弟と水平線に沈む夕日を見ながら和む。

「やっぱりちがーう」

　私は夕日に向かって叫んだ。


「うーん。美味しい！　姉ちゃんもこれ食べてみろよ」

　夜は海の幸満載の豪華なご飯だ。

　コウキは目の前の光景から逃避すべく食べることに集中し、意図的に視界に私だけを入れている。

　両親は昼から飲んでたせいか、完全にでき上がっている。

「ト・ウ・キー」

「なんだーい」

「愛してるわ」

「俺もだよエリカ」

「うふふふ」

「あははは」

　うん。レストランじゃなくて個室での食事にしてもらって良かった。

　両親のこんな場面を他の人に見られるなんてとんでもない拷問だ。

「うんもう」

「どうしたんだい」

「もう私たちも若くないのよ」

「エリカはまだまだ綺麗だよ」

「そういうトウキだってまだまだ元気なんだから」

「ぐふふふ」

「げへへへ」

「ええい！　やめんかこのバカ親！」

　この旅以降、しばらく両親は禁酒したそう。

久しぶり

夏季休暇が終わり、いよいよ貴族学校の後期授業が開始される。

といっても初日は特に授業もない、集合日というものになっている。

私はこれから本格的に始まる学生長としての仕事に備えるべく、事務作業をしていた。

「セリナ、居るか」

ミアがドアを少し開けて学生長室の中を窺いながら尋ねてくる。

「居るわよ」

私の声に反応してミアが入ってくる。

その後ろにはイスラも居た。

「ミア、イスラ。久しぶりね」

「ああ、叔母上を追いかけて以来だな」

「私は、前期ぶりだね」

「ふう。せっかくだし、少し私も休憩にしようかな」

「すまない。邪魔をしてしまったかな」

「ううん。夏休みの話をしたいと思ってたし」

二人にお茶を出した私はまず気になっていたことを聞く。

「それで、ミアはどうだったの？」

「それそれ。私も気になってた。ていうか王国全土を使った鬼ごっこって規模が大きすぎない」

「ああ。大変だったが、とても充実した鍛錬だったよ。おかげでグンっと成長できたぞ」

「それは良かったわね。それで、ルクレスさんを捕まえることはできたの？」

「叔母上は偉大だったよ」

そう言ってミアは窓の外を見上げる。

その目は遠くを見つめていた。

「つまりダメだったのね」

「ああ。そうだ」

「で、一日メイドはどうだった」

「え、なにそれ」

「ミアが負けたときは、ミアがルクレスさんの一日メイドをすることになっていたのよ」

「ほほう。それはそれは」

イスラは面白いおもちゃを見つけた子どものような顔をしている。

「それで、ミアはなにをしたのかな？　ん？」

「朝はルクレスお嬢様を起こしてお食事のお手伝い、お昼はルクレスお嬢様に納得して頂けるまでお茶をお出しして、夜は一緒に……一緒に……」

ミアはプルプルと震えだす。

顔は真っ赤だ。

ここぞとばかりにイスラは追撃する。

「一緒になにかな」

「一緒にお風呂に入らせて頂きました。もうこれ以上は思い出したくない」

そう言って顔を手で覆うと、のたうち回る。

ああ、ルクレスさんのことだから、きっとここぞとばかりにおもちゃにされたんだろうなぁ。

「あらら、ミアがあっちの世界に行っちゃった」

「それでイスラはどうだったの？　旅行に行ってたんだよね」

「うん。家族でエシラン共和国に行ってたの」

「共和国に」

「そうそう。この前の通商条約とルクレス様の大陸一周以来、共和国旅行がブームになってるでしょ！」

「そうなの？」

「なんでそこまで流行に疎いのよ……」

「共和国ってやっぱり王国とは違った？」

「全然違ったわ。料理も建物も文化も！」

「へえ」

「セリナもいつか行ってみなさいよ」

「そうね。機会が有ればね」

そのあたりで、お茶のお代わりを淹れる。

ミアも現世に帰ってきたようだ。

「セリナはこの夏をどう過ごしていたのだ」

「ワーガルに帰ってたんだっけ？」

「ええ、そうよ」

そう言って少し胸を張ってみる。

「セリナ。そんなに威張らなくて大丈夫だぞ」

「いや、そうじゃなくてね。私も成長したんだよ」

「もしかして」

さすがイスラだ。

こういうことには気が付いてくれる。

ミアとは違うのだよ、ミアとは。

「お父様に鍛冶を教えてもらったんでしょ？」

「そうなんだけど、ちがーう」

「ええ……。なんで正解したのに怒られてるの……」

「もっとこう見た目的なものがあるでしょ」

「ミア、わかる？」

「イスラにわからないのに私にわかるわけないだろう」

「胸が大きくなったのよ！」

「「お、おう」」

なんなのよその微妙な反応は。

私のこの夏最大のニュースなのに。

「もういいわ。それで、なにか考えて来てくれた？」

「「あっ」」

「まさかその反応は……」

「すまない。叔母上を捕まえるのに夢中で……」

「旅行が楽しすぎて……」

「はぁ……」

新学期初日に大きなため息をつく私であった。

新学期始動

新学期が始まって早々、私は大忙しであった。

集合日翌日の学生長としての全学生を前にした挨拶に始まり。

数多く寄せられる学生からの陳情書を吟味して、学校側への提案のまとめ。

そしてなにより、私を悩ませていたのは急増する決闘仲裁の嵐である。

もうほんとにこれがめんどくさい。

両者の言い分や実際に決闘をしたときの予想される勝敗などを勘案して、判断を下さなくてはならない。

「来週の日曜日どっちがアンジュとデートするか決めてほしい」とか、「この物品の値段で揉めている」というどうでもいいものがある。

これらは前学期なら決闘で勝手に決めていたのだが、私の『トウキ製品禁止令』によって、決闘をする者が減って……というか居なくなって仲裁を求める者が増加した。

もちろん、各部活の施設利用の調整をお願いしたいというまともな仲裁もあった。

というか従前はそれも決闘で決めていたというのがおそろしい……。

だが、一番私を悩ませていたのは、派閥間の争いの仲裁である。

特に侵攻派からの決闘申込み案件が急増している。

「これは確実に私に対して嫌がらせをしているわね」


遡ること、数日前。

集合日の翌日、私は、執務室に駆けこんできたイスラの叫び声に驚かされる。

「セリナ、大変なのよ」

「なにが」

「ともかく、付いいて来て」

「ちょ、ちょっと」

イスラに腕を掴まれて強引に連れて行かれた先は、鍛冶場であった。

そして、鍛冶場の前では、ホルスト先生が涙を流していた。

「イスラ、これは確かに大変だわ」

「で、でしょ」

「なんで、ホルスト先生は泣いてるのよ」

「鍛冶場の中を見てもらったらわかるわ」

イスラに促されるまま、号泣しているホルスト先生を無視して鍛冶場の中を覗く。

すると、鍛冶場の全ての炉に火が入っており、何人もの鍛冶師と学生が忙しそうに作業をしていた。

「こ、これは……。なに……」

「よくぞ聞いてくれたな」

私の疑問に答えるようにホルスト先生が正気を取り戻す。

ホルスト先生曰く、新学期が始まるや否や、ロイス先輩がお金で雇った鍛冶師を引き連れてきたらしい。

忙しく働いている学生は鍛冶師の手伝いをさせられている下級生だそうだ。

「ホルスト先生、あれ部外者ですよね」

「そうだが、なんの問題がある」

「いや、問題しかない気がするんですが……」

「すでに学校の許可は取っている」

「ええ……」

「みな、お前の父親のおかげで、武器を作る喜びを忘れていたのだ。見ろ！　あの楽しそうな鍛冶師たちの目を！　どうして彼らの期待を筆頭宮廷鍛冶師の私が無下にできようか」

そういえば、ホルスト先生は名家の出身で、この学校でもかなり身分が上なんだった。

おそらく、鍛冶場が賑やかなのがよっぽど嬉しかったのだろう。

普段は権力を振りかざさないのに……。

今度、ルクレスさんに言いつけてやろう。

侵攻派の鍛冶場独占は非常に効果的だった。

今の世の中、帝国や共和国は知らないが王国において普通の武器なんて手に入らない。

融和派は武器がなく決闘を申し込まれても仲裁を願うしかなくなっていた。

あの野郎…………。

コンコンコン。

私がロイス先輩への呪詛(じゅそ)を心の中で呟こうとしたとき、学生長室のドアを叩く音がする。

「どうぞ」

「失礼するね」

「ああ、コート先輩。どうしましたか」

紺色の髪をした、融和派のリーダーが入ってくる。

最近は仲裁の依頼のためにしょっちゅうやってくる。

「その、今日もなんだけど」

「ええ、わかりました。書類をください」

「ごめんね。お願いするよ」

「また、今回もどっさりとありますね」

「うちは侵攻派の学生と違って腕っぷしに自信のある人間は居ないからね。セリナちゃんが融和派限定でトウキさんの製品を使うことを許可してくれたらいいんだけどね」

「それはできません。私は融和派に対しても侵攻派に対しても平等な立場ですから。というか、融和派も申込みを受けて立たずに負けを認めてくれたら仲裁しなくていいんですけどね」

「セリナちゃんは厳しいな」

先ほどロイス先輩を呪おうとしていたのは内緒にしよう。

いや、コート先輩も呪えば平等か。

まあ、私の平等は平等にうっとうしいと思ってるって意味だし。

「じゃあ、仕事をするので」

「うん。頑張ってね」

「ありがとうございます」

コート先輩が出て行くと、それと入れ替えにミアが入室してくる。

「また来ていたのか」

「今日もどっさり持って来てくれたわよ」

「まあ、融和派は申し込まれた側である以上、大目に見てやるしかないさ」

「そうなんだけどね」

「今の私だって雷虎が使えないからな」

「ああ！　そうだった」

「な、なんだ」

「ちょっと待ってて」

そう言って私は自室へと走る。

ここ最近の出来事のせいで完全に忘れていた。

ミアにあれを渡さなくては。

「はあ……、はあ……。ミア、これ……。あげる……。雷虎の代わりに使って……」

「ええっと、これは？」

「ふう……。私の夏休みの成果よ」

「そ、そうか」

「形も刀に似てるし、ミアなら大丈夫よ」

「うむ。なら、ありがたく頂くとしよう。これでセリナお嬢様をお守りしよう」

「まあ、頼もしいわねえ」

そう言って、ミアは私の夏休みの成果を腰に差す。

「ごめん！　遅くなったわ」

そのとき、イスラが飛び込んでくる。

「って！　なんでミアは腰に『ものさし』を差してるのよ」

「なるほどね。それがミアの雷虎に代わる武器なのね」

「ええ。そうよ」

「けど、なんで普通の武器じゃないのよ……」

「うーん。やっぱり学校だし」

「いや、意味がわからないわよ」

「それに、お父さんの影響かもね。そもそも私って普通の武器って作ったことないから上手く作れないし」

「なんちゅう親子だ」

私とイスラが会話している隣では、ミアがものさしで素振りをしている。

使い心地を確かめているそうだ。

「これはすごいな」

「そんなに」

「ああ！　こんなものさしは握ったことがない」

「ちょっと、セリナ。鑑定してよ」

「ええ、いいわよ」

【ものさし（1m）】
攻撃力　200　防御力　50　重量削減（中）　耐久性（中）　目盛（1㎜刻み）

「う、うん」

「どうしたの？」

イスラが首を傾げている。

どこか不備があったのだろうか？

ミアが使った感じでは不備はないと思ったんだけど……。

「いや、なんだかね。多分能力的にはすごいんだと思うんだけど。普段目にしてる日用品がすごすぎて……」

「あれと比べないでよ……」

王国人の感覚はおかしい。

第3章　学生長危機編

修行の成果

侵攻派からの強力な嫌がらせを受けつつも私は着実に仕事をこなしていた。

先週には『決闘禁止時間令』『決闘禁止区域令』『一人当たりの一週間の決闘申込み上限令』を制定した。

これのおかげで多少なりとも仲裁以外の仕事もできるようになった。

『鍛冶場独占禁止令』については謎の勢力によって成立しなかったのだが……。

そうしてできた時間を利用して各部活の施設利用について各部長間での協定を私の斡旋で締結させたり、食堂の料金について業者と交渉したり、試験期間について学校と協議したりと活動をしていた。

「な、なんて大変なのよ……」

お父さんの修行に耐えたことで多少の体力は付いたが、それでも大変であった。

「お疲れ様だな」

そう言ってミアがお茶を出してくれる。

ルクレスさんのメイドをしたことで美味しくお茶を淹れることができるようになっていた。

「ほんとセリナはよくやるわねぇ。私だったらもう投げ出してるわよ」

「ありがとう」

「大丈夫よ。イスラが当選することはないと思うから」

「ちょっと」

「あはは。ごめん、ごめん」

「そろそろ移動するか」

「そうね。そろそろ行きましょうか」

「では、私も行ってくるとしよう」

「ミア、そっちはお願いね。それと、イスラ」

「ああ、大丈夫よ。留守は任せて。書類の整理くらいはしてあげるから」

「うん。ありがとう」

ミアと共に部屋を出る。

ミアはその後別のところに向かっていくが。

私は、ここ最近ちょくちょく時間を見つけては鍛冶場へと足を運んでいる。

というのも、これは最終手段にしたかったのだが、派閥の私に対する嫌がらせが絶えないのでこちらも対抗措置を講ずることにした。

今はそのための準備をしている。

「さてと、続きをしようかな」

ホルスト先生に頼んで、一カ所だけ、私専用に鍛冶場を空けてもらっている。

イスラの装備を作っていたのだが、夕食のためにイスラが呼びに来るまで、熱中してしまった。

おかげでなんとか完成した。

「ああ、イスラ。見て、これあなたの装備よ」

「おお！　できたんだ！　……ってなによこれ」

「三角定規だけど」

「いや、わかってるわよ。初等学校の先生が授業で使ってたデカイやつじゃない」

「ミアの「ものさし」に合わせてね」

「合わせてね。って可愛く言ってるけど手に持ってるのデカイ三角定規だからね。まあ、いいわ。鑑定してよ」

【直角三角形定規】
攻撃力　100　防御力　100　重量削減（中）　耐久性（中）　内角（30°60°90°）

「あー、確かに角でこつんとされると痛いんだよねえ」

「なんでそんなことされたのよ」

「ちょっとイタズラしちゃいまして……」

「はぁ。ともかく、イスラはそれを使ってちょうだい」

「ありがとう」

「いいのよ。私と一緒に居ると、いつどんな決闘を申し込まれるかわからないからね」

仮にそうなった場合に、仲裁を申し立てられたら私は中立の立場にならなくてはならない。そのため、自分で解決してもらえるように装備を作っていたのだ。

「それで今はなにをしてたの？」

「今は私の武器を作っていたのよ」

「そうなんだ」

「早くしないと、あいつらが次になにをしてくるかわからないから」

「そうだねぇ。全く、セリナに投票しておきながらなんなのよ」

「まあ、あの人たちからしたら恩を売ったはずの人間が仇で返してると感じてるんでしょう」

「一方的に売ってきたんだから返さなくてもいいのよ」

「さて、お腹すいたわ。夕食に行きましょう」

「あ、そうだった。ミアを食堂で待たせているんだった」

「じゃあ急がないと」

最近、ものさしを腰に差していることから夏休みに辛いことでもあったのではないかと学生の間で噂されている親友の下へと急ぐ。

派閥の思惑

「セリナちゃんもなかなかやるねえ」

「ええ、忌々(いまいま)しいことですが」

「ははは。クロト君は本当にエルス家の人が嫌いなんだね」

「ええ。ですが、決闘で負けましたのでちょっかいはかけません」

「ああ、ごめんね。嫌な思いをさせたかな」

「いえ。大丈夫です。ですが、これからどうしますか？　ここのところ会合に来る人間も減っていますし……」

そう言ってクロトは会合の部屋を見る。

選挙前の全盛期とは比べ物にならないくらい人が減っている。

セリナの影響で派閥を抜けるものがいるが、これは両派閥に共通の問題である。

それ以上に、融和派に居ると侵攻派がちょっとしたことですぐ決闘を申し込んでくるのが問題であった。

受けて立てばトウキ製品が使えない現状では怪我をすることは明らかであったし、仲裁を申し込めばこちらが不利な条件になることが九分九厘といったところである。

そのため、融和派に居る人間はクロトのように志があるものか、コート個人を崇拝する人間くらいになっていた。

「くしくも、学生長令のおかげで決闘の頻度が下がったことは融和派にとっては良かったですが」

クロトはセリナの行為が自分の利になっていることが気に入らないのか、顔をしかめる。

「まあまあ。僕たちに有利ならそれでいいじゃない。それに、侵攻派がなくなりさえすればいいんだから、なにも融和派を存続させる必要はないさ」

「そ、それはそうですが……」

「そうか！　そうだね！」

なにかを思いついたかのように急にコートは大声を上げる。

「ど、どうしたんですか？」

「クロト君、ちょっと僕は行ってくるよ。今日の会合はこれでお終いにしよう。すまないけど後片付けを皆はお願いね」

そう言って、コートは派閥の女子に向かって手を振って部屋を出て行く。

「はい。我々の勢いは増しており、人員は増えています。逆に融和派は衰退していっています」

「ふむ。それは良かった」

ロイスは自室でネリンから報告を受ける。

「ですが。派閥を辞める者が増えているのも事実です」

「そうか」

ネリンのまとめた報告書にロイスは目を通す。

加入数が脱退数を上回っているため人員は増加しているが、その差は僅差である。

このままでは、減少に転ずる可能性も十分にある。

そうなれば融和派を打倒したとしても意味がない。

もちろん、ロイスとしては侵攻派として一定の貴族を抱き込めれば、将来を考えれば問題はない。

だが、なんにせよ闘争ごとにおいて負けるのはシュレック家としては認められなかった。

ワーガルの騎士団に敗北し、自領地のモンスターの異常繁殖を食い止められなかった祖父のようにみじめな人間にはなりたくなかった。

「どうするべきと思うか」

「そうですね。融和派は勝手に消えるでしょうからこのままで問題ないかと。やっかいなのは学生長です。なんとかして学生長に打撃を与えなくてはなりません。現状の学生長令で我々は活動がし辛くなっています」

「ふむ。それでは今までは融和派をメインとしていたが、これからはより学生長をターゲットにして行動をしていくとしよう」

「それが良いかと」

「では、作戦を通達する」

「はい」

ネリンはロイスの指示を受けると侵攻派へと伝達しに部屋を出て行く。

「セリナ・エルス。覚悟しておくがいい。私は祖父とは違う」

ロイスは自分の武器を磨きながらそうつぶやく。

学生長の備え①

ここ数日も派閥関係で色々とあった。

まず、突然コート先輩が訪ねてきたかと思えば開口一番にこう言った。

「セリナちゃん。侵攻派を潰してくれるなら融和派は解散させるよ」

「はい？」

「いや、別に僕とセリナちゃんは思想的に対立してるわけじゃないでしょ」

「まあ、派閥争いがうっとうしいだけですね」

「だからさ、その派閥争いをなくしてあげるから、侵攻派を潰してくれないかな？」

「うーん。私としては学生の活動を縛るつもりはないんですよね。派閥争いをあっちでもこっちでもやるのが許せないだけで、節度さえあればお好きにどうぞってスタンスなので」

事実、決闘の禁止区域や時間は設定したが、決闘そのものの禁止や派閥形成の禁止はしていない。

侵攻派だろうと融和派だろうと活動の結果の多少の迷惑くらいなら目をつぶるつもりでもいる。

単純に度が過ぎるのがいけないのだ。

「ですから、融和派を解散するのはいいですけど、それで侵攻派を叩き潰すつもりはないですよ。

まあ、私の周辺に直接喧嘩を売ってきたら話は別ですけど」

「ふむ。セリナちゃんはやはり簡単にはいかないね」

「はあ?」

「ますます興味が出てきたよ」

「勘弁してください。それでなくても困っているんですよ」

仲裁の申請などでコート先輩がしょっちゅう学生長室を訪ねてくるせいで、一部の女子からはあらぬ噂を立てられて、目の敵にされている。

誤解を解いて回るのもめんどくさいので放置しているが。

「ははは。ごめんよ。しかし、自信満々で会合を飛び出してきたのに、返り討ちに遭ってしまっては情けないな」

「いや、コート先輩の事情なんて知らないですよ」

「これ以上は交渉の余地はなさそうだね。じゃあ、今日はここで退くよ」

そう言ってコート先輩は部屋を出て行った。

これで終わってくれたら良かったのに、今度は侵攻派が動き出す。

今までの仲裁の嫌がらせに加えて、融和派ではない、ミアのファンや学生長派（を勝手に名乗っている学生）といった人たちにもちょっかいを掛けるようになった。

これによって襲われないために侵攻派に加入しようという動きが出てきていた。

単に人数が増えるなら良い。

しかし、学生長令は一度発令されても学生の三分の二を超える反対で撤廃させることができる。

そのため、あまりに増えすぎると問題である。

融和派の解散に賛成しなくて良かったと思う。

融和派があれば、侵攻派が三分の二を超えることは難しい。

そうやって、どうしたものかと悩んでいたときについに事件が起きた。

イスラが侵攻派でも武闘派で知られる幹部に決闘を申し込まれたのだ。

ミアが王室の行事で学校を離れている最中に喧嘩を売るあたりにいやらしさを感じる。

「ちょっと！　なんで私を狙うのよ」

「ロイスさんの指示だ。悪く思わないでくれよ」

「ミア！　かもーん！　って居ないんだ」

「では、行くぞ」

侵攻派の幹部はとても見事な長剣を構えていた。

対するイスラは三角定規を盾のように構えている。

「はっ！」

気合を入れると、幹部は勢いよく突撃し、剣をひと突きする。

「ぎゃあぁぁぁぁあ」

イスラの叫び声が学園中に木霊する。

が、次に声を上げたのは、侵攻派の幹部と長剣を作製した鍛冶屋だった。

「嘘だろう……」

「なぜだ、なぜ私が丹精込めた長剣の刃先が欠けるのだ……」

「ほう。なるほど。なるほど。私に説教をしていた先生はこんな気持ちだったのね」

先ほどまでの絶望の顔はどこへやら。

イスラは悪人顔でニタニタしながら、三角定規を構えている。


「いやー、快感だったわ」

「ふむ。ぜひ、イスラの健闘を見たかったな」

「あのときのあんたの顔は酷かったわよ。少なくとも、この学校の貴族とは結婚できないわよ」

「えっ」

「だが、セリナ的にはイスラが襲われたのは僥倖だったのではないか」

「うーん。まあ、そうかもね」

固まってしまったイスラを放置して、ミアと会話を続ける。

イスラ襲撃のあと、ロイス先輩は私に対して和解を持ちかけるどころか、「これからも侵攻派は攻撃を続ける」と宣戦布告をしてきた。

なんだか、ロイス先輩はやる気満々である。

さすがに学生長に反旗を翻す者を放置するわけにはいかず、秩序維持のため侵攻派を叩くことになってしまった。

先日あれだけコート先輩に大見得を切っておきながらなんとも言えない展開である。

結局、コート先輩の思惑通りになってしまった。

「ともかく、今日は鍛冶場に籠もるとするわ。明日は休日だし」

「わかった。それじゃあ、私はいつでも二人の代理人を務められるように待機しておこう」

「お願いするわね」


「で……できた……」

窓から朝日が差し込む。

鍛冶場で私は眠い目をこすりながら疲れを感じていた。

ズラッとならんだ、失敗作を見て、よく頑張ったものだと満足する。

もう少しで、実家を出るときにお父さんが持たせてくれた素材がなくなるところだった。

「セリナ、そろそろ寝たらどうだ」

「ああ、ミア。実はさっき完成したのよ」

「おお！　これはすごいな」

その後、バインダーを吟味し合う、学生長と大英雄の姪という奇妙な光景が鍛冶場には流れていた。

【バインダー（トウキ秘蔵合金製）】
攻撃力50　防御力３００　重量削減（中）　耐久性（大）　紙グリップ力（極大）

学生長の備え②

休日は一日中寝て過ごすという、青春を無駄にしながら、翌週の授業が始まった。

授業に大した変化はなく、鍛冶屋を雇ったことで、相変わらずホルスト先生の授業に人は居なかった。

それでも、最近は機嫌が良い。

「けど、なんでバインダーなんかにしたの？」

授業の終わりにイスラが尋ねてくる。

「確かに、私も気になっていた」

ミアも不思議だとばかりに続ける。

「いや、バインダーならいつでも持ち運べるし、なにより持っていて不自然じゃないじゃない」

「「はい!?」」

「あんたたち、いつも三角定規とものさしを持って歩いてるから、かなり目立っているわよ」

「おいこら！　なに自分だけいい格好しようとしてんだよ！」

「イスラ、女の子の口調じゃないわよ……」

「いや、イスラの気持ちもわかる。そうか、最近周りの人が妙に私に優しかったのはそういうことだったのか……」

結局、お昼にデザートを奢ることで許してもらったが、その日一日は二人のあたりがかなりきつかった。


「と、ともかく、今日からよろしくお願いするわね」

「そうね。親友の頼みだものね」

「ああ、そうだな。親友の頼みだからな」

「うぐ。わ、悪かったわよ……」

「まあ、任せなさいよ」

そう言って、イスラは胸を叩く。

くっそ、叩いたときに弾ませよって。

次の長期休暇のときは一日中風呂に入ってやる。

「セリナよ。露骨に恨めしい目でイスラを見てやるな」

「ち、違うわよ」

こういうところはルクレスさん譲りで鋭い。

今週から新しい制度を始めた。

『侵攻派に決闘を申し込まれたら、ミア又はイスラが代理を務めます制度』だ。

さすがにこちらから、「お前は侵攻派か」と問い質して決闘を申し込むわけにもいかないし、侵攻派の会合に乗り込んで喧嘩を売るのもなんだか気が引けた。

そのため、侵攻派の嫌がらせを徹底的にやり返す方針で行くことにした。

「これで、ドンと来いって感じねえ」

「イスラ、あまり調子に乗らないでよね。私はしょせん学生だから、お父さんみたいにとんでもない装備は作れないんだから」

「なに、大丈夫よ」

「そうか。なら、是非戦ってもらおうか」

学生長室の入口にはロイス先輩が立っていた。

「な、なんでロイス先輩がここにいるんですか!?」

イスラ、がビシッと指を差しながら言う。

膝が震えまくって全く迫力はないが。

「先ほども言ったであろう。お前たち三人と戦いに来たのだ。セリナ・エルス、決闘をしてもらおう」

「なら、私が代理を務めよう」

ミアが一歩前に出る。

「残念だが、そうはいかないだろうな」

そう言うと、ロイス先輩は入口から横に避け、背後が見えるように動く。

そこには、多くの学生が並んでいた。

「なるほど。そういうことか」

ミアが納得したようにそう言いつつ頷く。

「ど、どういうことよ」

「ロイス殿、私とイスラは彼らの代理人をせねばならぬということだな」

「ふん。そこの学生長が学生との約束を反故にすると言うなら、無視しても良いのではないか」

「ちょ、ちょっとだからどういうことよ」

イスラは状況が呑み込めていないようであった。

「イスラ、つまりね。ロイス先輩は侵攻派を使ってあそこに並んでる人たちに決闘を申し込んだのよ。そうすれば、あなたとミアはそちらの代理に就くから、私と直接決闘ができるってわけよ」

「きぃー！　ずるいわよ！」

「いや、ルールは破ってないからズルではないわ。まあ、私の検討不足ね」

なんというか、やることなすこと全部なんだかの事件に発展するのは誰に似たのだろうか。

けど、今はこのバインダーがあるし、なんとかなるでしょ。

「ロイス先輩、受けて立ちます。二人は彼らの代理人としてしっかり戦ってきてね」

「セリナ、私と違って、戦闘は得意じゃないんだから注意するのだぞ」

「わかってるわ。ミアは心配ないだろうけど、イスラも気を付けてね」

「うん」

まさか

侵攻派のボスであるロイス・シュレックと学生長のセリナ・エルスが決闘をするという話は、瞬く間に学校中に広がり、侵攻派に決闘を申し込まれた哀れな学生以外は皆見物に駆け付けていた。

「ふむ。これだけの人々の前で学生長を倒すというのもまた一興よ」

「いや、私だって簡単には負けないですよ。というより、勝ちますよ」

「ほう。まあ戦ってみればわかることだ。では、決闘の条件だが勝ったら学生長の座を譲ってもらうぞ」

「やっぱりそう来ますよね。気になってたんですけど、なんでもっと早く決闘で学生長の座を奪わなかったんですか？　例えば前の学生長のときとか」

「ふん。学生長なんぞに興味がなかっただけのことよ。ところが融和派のやつが立候補するだの言い始めて、最近では貴様の学生長令が目障りだからな。とはいえ、ミア・トレビノの強さは本物だ。どうにかしてあの者が出しゃばらないタイミングが欲しかったのだ。先日の王族の行事には私も呼ばれていたせいで絶好の機会を逃してしまったからな。まさか、こんな好機が訪れるとはな」

「ロイス先輩って意外と企みとかできるんですね」

「貴様……。もう良い。始めるぞ」

そう言うとロイス先輩は背中に背負った大剣を構える。

お父さんとの修行中に図鑑で見た斬馬刀(ざんばとう)に似ている。

え？　マジであんな馬鹿デカイ剣を使うの？

アベルさんが使っているグレートソードもかなり大きいが、剣の幅は圧倒的にこっちの方が広い。

なんだか、自分の構えているバインダーがとてもひ弱に見える。

「なるほど。父親が父親なら、子も子か。そのようなもので、俺の剣が止められると思うなよ！　はあっ！」

ロイス先輩は大剣を振り上げ突っ込んでくる。

と、ともかくバインダーで防がないと。

「叩き割ってやるわ！」

ロイス先輩は絶叫しながら剣を振り下ろす。

ガギンィイインンンン！

振り下ろされた大剣とバインダーがぶつかった金属音が響き渡る。

同時に両腕にものすごい衝撃が走る。

「ほう。俺の一撃を防いだか」

「い、いったぁぁあいい！　な、なんなんですかその剣は！　腕が超痛いんですけど」

「ふふふ。銘(めい)こそないが、我がシュレック家の家宝よ」

「そ、そんなもの過去のワーガルとの戦いでは使われてなかったですよね」

「ふむ。理由を教えてやろう」

そう言うとロイス先輩は離れていく。

正直離れてくれて助かった……。

離れたロイス先輩は、切先を地面に向けると、手を離す。

すると、ズンッと重そうな音を立てながら、重力に引かれて、剣が地面に突き刺さる。

「簡単なことよ。この剣は重量が重く、今までのシュレック家の人間では扱えなかっただけのこと」

ああ、そうか。

お父さんのせいで麻痺してたけど、お父さんの武器には基本的に重量削減が入っているんだ。

普通は攻撃力やら耐久やらを上げれば重量は増加する。

そりゃ、扱える人間も限られてくるわけだ。

しかし、どうしたものか。

正直、もう一撃を耐えられる自信がない。

両腕的にも、バインダー的にも。

ロイス先輩には見えていないが、バインダーのこちら側にはすでにヒビが入っている。

これはもう、あれだ。

うん。もう、あれしかないな。

「あの……。ロイス先、って、わあああ」

気が付くと、ロイス先輩は剣を振り上げて突撃していた。

咄嗟にバインダーで防ぐが、見事にバインダーは砕け散った。

その衝撃で派手に尻餅をついて倒れる。

「ちょ、ちょっと待ってくださいよ」

「問答無用。これは貴族の決闘なのだ。死のうと恨むではない」

そう言うと、剣を振り下ろしてくる。

痺れている両手で頭を庇う。

「いやいや！　降伏しますって」

…………あれ？　…………死んでない？

「ロイス殿、そこまでだ。セリナ殿は降伏している」

その声の方を見ると、ルクレスさんが聖剣でロイス先輩の剣を受け止めてくれていた。

「ル、ルクレスさん……。どうしてここに……」

「ああ、先日の集まりでミアからホルスト殿が良からぬことをしていると教えてもらったからな。今日はその視察に来たのだが。まさか、こんな場面に出くわすとは思わなかった」

ルクレスさんは優しく微笑んでくれる。

ああ……。私、助かったんだ……。

「ともかく。ロイス殿、ここで引かぬなら私が相手となろう」

「いえ。私とて姫様と剣を交えるつもりは毛頭ございません。それに、先の一撃だけですでに腕の力がなくなりました。英雄と聖剣がこれほどのものとは。これで引かせて頂きます」

「そうか。そなたの武、誠見事であったぞ」

「姫様にそう言って頂けるとは、恐悦至極でございます。それでは、失礼させて頂きます」

ロイス先輩はそう言うと、大剣を背中に背負って去って行った。

「セリナ殿、大丈夫か?」

ルクレスさんが、手を伸ばしてくれる。

「ル、ルクレスさぁん」

私は伸ばされた腕を無視して、ルクレスさんに抱き着き泣いてしまった。


「ごめんね。二人はちゃんと勝ったのに私だけ負けちゃって」

「ううん。気にすることないよ。それに、そもそも学生長やりたくなかったんだから、これで良かったんじゃない?」

「立候補させた自分がなんと言って良いのかわからないが、イスラの言う通りだと思う。あまり、思いつめないでくれ」

食堂の端っこで、いつもの三人でお茶をしている。

今現在、学園において私たちは完全に腫物（はれもの）扱いである。

まあ、下手（へた）に絡んで侵攻派に目を付けられてもたまらないだろうから、仕方ない。

私がロイス先輩に敗北してから、色々とあった。

まず、決闘に負けてすぐ、ミアがロイス先輩に復讐の決闘を申し込もうとしたため、ルクレスさんに大目玉をくらった。

ルクレスさん曰く、「ロイス殿は正当な決闘で勝利したのだ。ただ復讐のための決闘など、王家の人間であり、私の後継者の英雄がすべきではない」とのことだ。

まあ、そのあとすぐに「だが、ちゃんと目的ができたときはそれを理由として決闘をして叩きのめしてやるといい」と言っていた。

次の日からは、武器のなくなった私に、次から次へと「負けたら妻になってくれ」という輩が決闘を申し込んできた。

こいつらは全員、憂さ晴らしとばかりにミアとイスラが徹底的に叩きのめしてくれた。

学生長の座はロイス先輩が掌握し、『本校学生同士での決闘においてトウキ製品の使用を禁止する』以外の私の発令した学生長令を撤廃し、侵攻派に属さない生徒には決闘を申し込み、侵攻派の地位を確たるものとしていた。

ちなみに、勧誘の決闘もミアが片っ端から迎撃してくれていたので、今では私たち三人に絡んでくることはない。

ロイス先輩も学生長ではない私には興味がないのか、会うことはなくなった。

「私は、大丈夫。二人が居るから」

「あー。確かに。あの端っこに居る人に比べたらねえ」

「あれは、自業自得だ。叔母上を怒らせたのだからな」

食堂の端っこでは、ホルスト先生が私たち同様に腫物のように距離を置かれ、燃えがらのようになっていた。

あの日、ホルスト先生は職権濫用をルクレスさんにこれでもかと叱責され、鍛冶場からは部外者が一掃された。

まあ、すでに武器が十分に揃った侵攻派にしてみれば、痛くも痒くもなかったのだが。

だが、ホルスト先生が一番ダメージを受けたのは、罰としてルクレスさんへの来年の新年の挨拶を禁止されたことだろう。

これを言い渡されたとき、この世の終わりのような顔をしており、あまりの狼狽ぶりに、罰を言い渡したはずのルクレスさんが、「ホルスト殿、禁止するのは来年だけだから、な？　次の年からは大丈夫だから」となぜか励ましていた。

それと、ルクレスさんに教えてもらったのだが、シュレック家というのは勇者に従った戦士に連なる一族らしく、あの剣もおそらくかつて魔王と戦った頃のものだろうとのことであった。

そりゃ、わたしのバインダーなんかで勝てるわけないか。

「ともかく、今は次の試験に備えて私に勉強を教えてよ」

「はあ。いいわよ」

「ほんと!?」

「ええ、学生長のときにお世話になったからね。恩返しをさせてもらうわ」

「も、もう。そういうのはいいってば。けど、勉強は教えてね」

「イスラよ……。たくましいな……」

頭を抱えるミアを久しぶりに見た気がする。

うん。これが元々の日常のはずだ。

それからは、何事もなく、本当にイスラの補習すらなく、冬期休暇まであと少しとなっていた。

そんなある日のことだった。

「ロイス君。君に決闘を申し込もう」

校内を副官のネリン先輩と共に歩いていたロイス先輩にコート先輩が決闘を申し込んだのは。

コート先輩

「ほう。今まで散々俺の挑戦を拒絶してきた貴様がどういう風の吹き回しだ」

「さすがにここのところのロイス君の行動は目に余るからね。先輩としても無視できないと考えたのさ」

一部の女子は四年生であるコート先輩に尊大な態度のロイス先輩に非難の目を向けていたが、大概の学生は驚きの目でコート先輩を見ていた。

なにせ、噂によればコート先輩は在学中一度も決闘を行っていないのである。

実際、私が学生長のときもコート先輩は一度たりとも決闘をせず、全て仲裁で済ませていた。

「ふん。それで、貴様が勝ったらどうするのだ」

「もう一度セリナちゃんを学生長にしてもらおう」

「なんだと？　貴様自身はなれないとしても、あの子飼いのカフン家のやつを学生長にしないのか」

「ははは。残念だけど、僕らが学生長の座を握ったところで今の大勢を変えることはできないだろうからね。それよりも、今君に抑圧されている学生たちが希望を持てる人物を学生長に据えるべきさ」

「くだらん。もはや、あの女が学生長に戻ったところで、学生長令の発付はできんわ」

「確かに、今や学生の三分の二なんて優に超える人間が侵攻派だからね。けど、君が学生長令を乱発することもできなくなる。それで十分さ」

「ちょ、ちょっと待ってください」

たまらず私も話に加わる。

「コート先輩、私もう学生長に戻るつもりはないですよ」

「まあまあ、実際に学生長に戻るかどうかは決闘が終わってから考えてくれたらいいから。ね？」

「いや、決闘の内容が『ロイス先輩が退陣する』じゃなくて『私を学生長にする』の時点で考える余地ないですよね」

「むう。さすがセリナちゃん。するどいなぁ。じゃあ、とりあえずロイス君の退陣だけ求めるとしよう」

「まあ良い。話はこれまでだ」

「ああ、僕もこれ以上は考えがあるから話せないしね」

そう言うと二人は私を置いて校庭へと移動する。

それにつられて、大勢の学生も移動する。

私も追いかけなきゃ。

なにを勝手に決めてるのよあの二人は！

「ロイス様、良いのですか」

「なにがだ」

移動するロイスにネリンが話しかける。

「融和派のリーダーの口車に乗るようなマネになっていますが……」

「ネリンよ」

「は……はい」

ロイスからは武芸に秀でているわけではないネリンですらわかるほどの気迫が溢(あふ)れていた。

「俺は今、ものすごく興奮しているのだ。ついに、あの憎き男の首を取れるのだからな。邪魔をするんじゃない」

「も、申し訳ございません」

「ここまでで良い」

ロイスはネリンを置いてコートと共に校庭の真ん中に移動する。


ロイス先輩とコート先輩が校庭の真ん中で向き合う。

「ロイス君、もう少し女性に優しくできないのかい」

「話は終わりだと言ったはずだ」

「わかったよ。全く。ミアちゃん」

「な、なんだ」

急に声を掛けられて、隣にいたミアから普段は聞くことのできない声が出た。

「申し訳ないんだけど、立会人を頼めるかな」

「ふむ。確かに。あの者なら適任か」

「む。そういうことなら、引受けましょう」

向かい合う二人の間にミアが移動する。

「それでは、両者準備は良いな」

「俺は大丈夫だが、貴様はどうなのだ」

確かに、ロイス先輩は例の大剣を構えているが、コート先輩は全くなにも持っていない。

「ああ、大丈夫だ。ミアちゃん、始めて」

「うむ。それでは、始め！」

ミアの号令が響くのが早いか、ロイス先輩が動くのが早いか。

それぐらいのタイミングで大剣が動き出す。

誰もがコート先輩が真っ二つになると思っていた。

女子の悲鳴が校庭に響き渡る。

だが、私は見逃さなかった。

コート先輩の口元が微かに動きなにかを唱えていたのである。

ゴーーーンーーーー！

コート先輩まであと数センチというところで鈍い音を立てながら大剣が止まる。

まるで壁にぶつかったかのようであった。

「な、なんだこれは？」

「魔法さ。珍しいけど、初めて見るわけじゃないだろ？」

「クソが！」

そう言うと、ロイス先輩は距離を取る。

コート先輩の言うように魔法は特定の職業の人間にしか使えないスキルであるため、珍しいが、全く見ないわけではない。

だが、あんな大剣を受け止めるような魔法など誰も見たことがない。

私たちが目にする魔法と言えばせいぜい治癒魔法か拡声魔法である。

学生がいくら万能といえども、卒業までに拡声魔法、それも規模の小さいものが使えるようになれば秀才と言われるレベルである。

「じゃあ、ロイス君。次はこっちから行くよ」

再びコート先輩はなにかを呟く。

すると、突然ロイス先輩の体が無数に切られ出血を始めた。

「グッ！　ガッ！　貴様！　なにを」

「ロイス君のことだから、威嚇なんかじゃ降参してくれないだろうから少し攻撃をさせてもらったよ。なに、無数の空気の鎌をぶつけたのさ」

「この野郎！」

　そう言ってロイス先輩が立ち上がろうとすると、コート先輩は再び口を動かす。

「体が動かないだと！　クソ！　クソ！」

「ふふふ。これは僕の必殺技なんだ。どういうことかは企業秘密ってことで。どうだろう、降伏してくれないかな」

「降伏なんぞできるか！　殺せ！」

「はあ。物騒だなぁ。ミアちゃん」

「な、なんでしょうか」

　ミアが露骨に敬語になっている……。

「これさ。もう、戦闘不能だよね。立会人権限で負けにしてよ」

「ええ、私もそうするつもりでした。ただ、コート先輩が降伏にこだわっていましたので様子を見ていました」

「おお、さすがミアちゃんだ。ばれてたか」

「何故かは聞きませんよ。では、勝者コート・マクシンリー」

何事もなく冬期休暇を迎えたかったのに

冬期休暇まであと一週間となったある日、私は再び学生長室に居た。

たった数週間の退陣生活であった。

「どうしてこうなった」

「そりゃ、そこの青髪が決闘に負けたからでしょ」

「すまなかったな」

部屋の端っこではミアが三角座りで小さくなっている。

イスラはそれを突いて遊んでいる。

それは、コート先輩がロイス先輩に勝利した日に遡る。


「いや、だから学生長には戻りませんよ」

「お願いだから。ね。ちょっとだけ、ちょっとだけだから」

「コート先輩、その表現は止めてください。卑猥(ひわい)です」

「ごめん、ごめん。けど、ロイス君が四年生になるまでの期間でいいんだよ。あとは、誰か適当な人に代わってもらって良いから」

「そのちょっとの期間が大変なんですよ」

コート先輩がロイス先輩に勝利してから、今後の話し合いがしたいとのことで普段融和派の会合が開かれている教室に、ミアとイスラと一緒に移動した。

……………さっきからクロト先輩が鋭い目つきでこっちを睨んでくる。

「やっぱり、コート先輩が勝ったんですから、クロト先輩が学生長になればいいんじゃないですか？」

あ、少し目つきが弱くなった。

「いや、ロイス君にも言ったけど、それはないかな。クロト君が学生長になったらまた派閥色が出てしまう。これでは、振り回されて辟易（へきえき）している学生たちは納得しないし、付いてこない」

「はあ」

「どうしてもイヤかい」

「まあ、あんな目に遭ってますからねえ」

「じゃあ、仕方ない。僕と決闘をしよう。負けたら僕の妻になってくれってのも魅力的だけど今回は学生長を賭けて」

「申し訳ないですけど、妻になる件でしたらルクレスさんを代理に立てます」

「相変わらずキツイなぁ。まあ、あんまり決闘頼りにはしたくないけど、挑ませてもらうよ」

「はあ。仲裁を頼む学生長がそもそも居ない状況じゃあ逃げることもできないですね。わかりました」

この学校は士官学校かなにかなのか。

てか、士官学校より学生が好戦的なんじゃないか？

「セリナ、今こそ私に任せてくれ」

「ミア、いつも以上にやる気満々だね」

「まさに今が叔母上の言われていた『ちゃんとした理由の下に叩きのめすとき』だ」

「ルクレス様、そんなこと言ってたっけ？」

「ああ、イスラにはわからないだろうが、師弟だからこそわかるものがある」

そう言うと、ミアはイスラにサムズアップをしながら、私の前に立つ。

「コート先輩、ミア・トレビノが相手となります」

「代理人ってことだね。いいよ」

「いざ、参る」


「なにが、今がそのときよ。あっけなく敗北して」

「雷虎なら勝てたはずだ」

ミアは目を潤ませながら、顔を赤くしている。

イスラは普段とは逆の立場を存分に楽しんでいるようだ。

「ほー。それはつまりセリナのものさしでは不十分であったと」

「いや、ちがっ」

「英雄の後継者ともあろう者が、自らの未熟さを棚に上げて得物のせいにするとはねぇ」

「うぐぇ……」

ミアが聞いたこともないような嗚咽を漏らしている。

結局、学生長を引受けることとなったが、侵攻派が学校の主流なのは変わらない。

コート先輩も私が学生長令を発布する必要はないから、ただ学生長の座に居てくれたらいいとのことだった。

おかげで仲裁業務が激減して私としては助かると言えば助かる。

ロイス先輩もミアとコート先輩が居るからか、復讐をしに来ることもなかった。

「イスラ、それくらいにしてあげなさい」

「セ、セリナ」

「負けてしまったのは仕方ないんだから。私のものさしがもっとすごい能力なら良かったのよ。ミアの能力を活かしきれなくてごめんね」

ここで、目を潤ませながらミアに向かって微笑む。

「うぎゃぁぁぁ！　セリナ、すまん！　本当にすまなかった！」

ミアが、床に頭をこすり付けて謝る。

はあ、黙って立候補したことやら全部これで許してやりますか。

「セリナ……。あんた、一番えげつないわ……」

ミアを落ち着かせてから、三人でテーブルについてティータイムにすることにした。

この時期は温かい紅茶が本当に美味しい。

「ねえ。一つ思ったんだけど」

「うん」

「コート先輩といいロイス先輩といいミアといい学生なのに強すぎない？　本職に就いたときヤバくない」

「まあ、ミアについては強い意味がわからないのは理解できるけど、先輩について理解できてないのはイスラがヤバいわよ」

「なんで」

「はあ」

そこから私はイスラに入学式で教えてもらったことをもう一度教えることになった。

この学校では三年生から専門的な勉強を開始する。

その課程で学生のままでは研究がやりにくいこともあるだろうから、専門の職業に在学中から就くことが可能となるのである。

コート先輩は魔法使い、ロイス先輩は戦士になっているのだろう。

「な、なるほど。じゃ、じゃあミアは？」

「ああ、私は特殊なんだ。ステータスを見せた方が早いな」

そう言うとミアは左手首に手を当て、ステータスを表示させる。

氏名：ミア・トレビノ
職業：英雄見習い（ランク24）
スキル：鑑定　近接攻撃　高速移動　自動回復　魔法

「なにこれ」

イスラは理解できないものが目の前にあるかのようにきょとんとしている。

まあ、無理もないだろう。

私も最初に見たときはそうなった。

「うむ。話せば長くなるのだがな」

「う、うん」

「私は元々生まれながらにして英雄ではなかったものの、叔母上に憧れてな。どうしても英雄になりたくて叔母上の弟子になったという経緯がある」

「ア、アグレッシブな子どもだったんだね」

「それで毎日アホみたいな特訓を受けてるうちに職業が『英雄見習い』になっていたんだ」

「はい？」

「いやあ。あのときは嬉しくて嬉しくてたまらなかった」

「そ、そうですか」

「で、この職業相当上位のものらしくてな。学生に上書きされることがなかったんだ」

「へ、へえ」

「まあ、もし上書きされたら自害していたかもしれないがな」

「怖いわ！」

「とまあ、こういう事情なんだ」

　ひと通り説明を受けてイスラも納得いったような表情を見せる。

「けどさあ。ミアは勇者の子孫でルクレス様という師匠が居たから英雄見習いになれたんでしょ」

「そうだな」

「セリナだって、お父様のおかげで鍛冶が得意なわけだし」

「そうねえ」

「ロイス先輩だって勇者と一緒に戦った戦士の関係者だから強いわけだけど、じゃあコート先輩はなんなの？　もしかして勇者関係の魔法使いの末裔（まつえい）なの？」

　まさか、イスラがこんなまともな疑問を投げかけてくる日が来るなんて。

　この子も成長しているんだなぁ。

「ちょっと、セリナ。そんなお母さんみたいな目で私を見ないでよ」

「いや、セリナの気持ち、わかるぞ」

「ミアまで」

「だがな、イスラ。残念だがコート先輩が魔法使いの末裔というのはあり得ないのだ」

「なんで」

「魔王を倒したあと、勇者と魔法使いが結婚して建国されたのがこのオークレア王国なのだ」

「え、ってことは……」

「そう。叔母上や私が勇者の末裔であり、魔法使いの末裔なのだ」

「ミアって魔法使えるの!?」

いや、さっきステータスに魔法スキルあったじゃない。

さっきの感動を返してほしい。

「ちょっと試してみるか。イスラ、ちょっと立ってくれないか」

「うん？　これでいい」

「ああ。それじゃあいくぞ」

そう言うとミアはなにかを呟く。

すると次の瞬間、ブワーッ、と風が起こり、見事にイスラのスカートを巻き上げた。

「ピンクか」

「ピンクね」

「こ、こ、こら！」

顔を真っ赤にしながら恥ずかしそうにするイスラは誠に眼福であった。

第4章　長い冬休み編

丸いあの人

「うー。王国北部ってやっぱ寒いねえ」

「まあねぇ。イスラの出身はビスタだっけ?」

「そうそう。きっとこの時季は年末年始をちょっとでもリッチに暮らそうって冒険者で溢れてるはずよ」

「へぇー。冒険者の街かぁ。一度行ってみたいわねえ」

「まあ、あの辺は雪も降らないし、もう少し暖かいかな」

「王国でもピナクル山なんかはもっと寒いらしいけどね」

「そんなところは死ぬまで行かないので大丈夫です」

今はイスラと一緒にワーガルへの馬車に乗っている。

なんでも、うちに来ればルクレスさんに会えるかもしれないとのことで、冬期休暇はうちで暮らすことになった。

ミアが年末年始はトレビノ家や王家の用事で忙しいとのことで来ることができなかったのは残念だけど。

……………というか、王家の用事ならルクレスさんもうちには来ないような気がするのだが。

「けど、コート先輩はますます謎が深まったわね」

「確かにね。まあ、それはなんとかするわよ」

「頼もしいですなぁ、学生長殿は」

それは、イスラの下着がピンク色と判明したあの日に遡る。


「いやー。可愛い下着だった」

「うん。よく似合ってたわよ」

「う、うるさいわよ！　ミア、あんたさっきのこと根に持ってるんでしょ！」

「英雄たるものそのようなことはない」

「なんで口元が笑ってるのよ」

あれからしばらくはイスラを下着ネタでいじって遊んでいた。

しかし、ミアがあんな仕返しをするとは思っていなかった。

私たちと絡むことでずいぶんと変わったものだ。

「ねえミア」

「どうした、セリナ」

「さっきのは風魔法だと思うけど、あなたもコート先輩がロイス先輩にしたみたいな魔法使えるの？」

「いや。さすがにあんな強力な魔法は私には使えない。私は英雄見習いだし、なにより王家一族はどちらかと言えば勇者の血の方が濃いからな。そりゃ、叔母上がどうかしらないが…………」

「あー。ルクレスさんならあれぐらい簡単にできそうだね」

「だろう」

「むー。二人だけルクレス様の話題で盛り上がってずるい！　私もルクレス様ともっとお近づきになりたーい」

ルクレスさん関係となると精神年齢が五歳は下がるのはなんとかならないのか。


「ワーガルはもうすぐ？」

イスラに声を掛けられて我に返る。

「うん。そうだよ」

「去年の夏以来だな」

「私のお母さん、ちゃんと覚えてる？」

「覚えてるわよ！　もう、あんな失礼なことはしないわよ」

「そうよ！　ああ見えてもうちのお母さんは伯爵なんだからね！」

そう、ほんとその辺の普通のお母さんなのに伯爵なのである。

貴族学校に行くようになって、お母さんの異常さに改めて気付かされる。

それから、しばらく揺られるとワーガルの入口へと到着する。

「ありがとうございました」

御者のおじさんにお礼を言う。

冬場はいつものおじちゃんではなく、色んな人が御者をしている。

おじちゃんは歳で冬場は辛いらしい。

「さあ、行きましょ」

「ええ、セリナお嬢様」

「変なこと言ってると置いて行くわよ。冬のこの辺はなにが出るんだったかしら……」

「ちょ、ちょっと置いて行かないで」

喚くイスラを引き連れてワーガルの街中を歩く。

この時季はどこの家の屋根にも雪が薄く積もっている。

いつも通りの挨拶地獄を潜り抜け、やっとの思いで家に到着する。

「ただいま」

「お邪魔します」

ドアを開けて家に入る。

が、全く反応がない。

「あれ？　誰も出てこない。皆二階にいるのかな」

「そういえば、セリナの家は二階からが生活スペースだったわね。行きましょ。ご両親にご挨拶しなきゃ」

そう言って二人で階段を上がり、もう一度ドアを開ける。

「ただい…………ま…………」

目の前には予想の遥か上を行く光景が広がっていた。

リビングでルクレスさんが自宅のようにくつろいでいるのはこの際もう問題ではない。

なぜか、お母さんがルクレスさんの肩を揉み、お父さんが空いたグラスにワインを注ぎ、コウキが横で膝立ちで聖剣を持って控えている。

そしてなにより、ルクレスさんが私の知ってる数倍大きい。

完全に丸い。なんだあれ？

「あ、あの。これは一体どうい……」

「ルクレス様！　ぷにぷにで可愛いです」

私が何事かと聞こうとするよりも早く、ルクレス教教祖（教団員二名）が大声を上げて駆けよる。

「おお！　イスラ殿ではないか」

低い！　声が低いよ！

え、あの凛としたルクレスさんの声はどこに行ったの!?

「あああぁぁぁぁぁ！　しゃべるとあごがぷるぷるしてる！　かわいぃぃぃぃぃい」

「ふふふ。そんなに言われると照れるぞ」

なんなんだこの空間は………。

「はぁ。つまり私をロイス先輩から救ってくれたルクレスさんを我が家を挙げて接待していたわけね」

「そうよ！　ルクレス、ほんとうにありがとうね！」

「ルクレス！　俺はなんと感謝していいのかわからないぞ！」

そう言って両親はルクレスさんに土下座する。

「ははは。私とトウキ殿、エリカ殿の仲ではないか。そこまでしてくれなくてもいいぞ」

そう言いつつもとても嬉しそうである。

なんじゃこの光景は。

「ああ！　臣民を見下すルクレス様も素敵！」

こっちは完全に壊れてるな。

「コウキ、あんたなんで止めなかったのよ」

「俺にこの二人が止められると思うか」

「あ、ごめん。ともかく、お母さんもお父さんも。一旦落ち着いてよ」

私がそう言うと二人はスックと立ち上がった。

「確かにそうだな」

「そうね。私もそろそろ年越しの準備をしないと」

「ちょっと！　トウキ殿もエリカ殿も変わり身が早くないか」

突然のことに英雄は混乱した！

「いやー。ルクレスに感謝してるのは事実だし最初はホントに接待してたんだけどな……」

「その、そういえばルクレスってすぐ丸くなるのを思い出しちゃって。セリナやイスラちゃんに見せてあげようかなぁー、って。ごめんね」

「うぎゃぁぁぁぁ！　このオークレア王国第二王女にして英雄のルクレス・オークレアを謀ったな！」

そう言いながら、ルクレスさんは手足をじたばたさせる。

おもちゃを買ってもらえない子どもにしか見えない。

横でよだれを垂らして失神寸前の女については忘れよう。

うん。私は一人でワーガルに帰ってきたことにしよう。

「トウキ殿とエリカ殿でなければ打ち首にしてやるところだぞ」

「いや、悪かったって」

「ごめんね」

なんとかルクレスさんを落ち着かせてみんなでお茶を飲んでいる。

「あ、ご挨拶が遅くなり申し訳ありません。これからお世話になります。エレーラ男爵家のイスラ・エレーラです」

「これはご丁寧に。エルス伯爵家の当主でセリナの母のエリカです。よろしくね。今回はちゃんと挨拶してくれたわね」

「その節は失礼しました」

「いいのよ」

そう言ってお母さんはイスラに微笑む。

それを見てイスラはとても和やかな顔になる。

昔からお母さんの微笑みには不思議な魔力がある。

私もあの笑みを見ると昔から泣き止んだりしたそうだ。

「セリナの父のトウキです。いつも娘がお世話になっています」

「いえ、こちらこそセリナにはいつもお世話になっています。名工のトウキさんに再びお会いできて光栄です」

「ははは。そう言われると恥ずかしいな」

「なに鼻の下伸ばしてるのよ」

「イテテ！　エリカ、耳を引っ張るな耳を」

その歳で女学生に嫉妬しなくてもいいでしょ………。

「弟のコウキと言います。よろしくお願いします」

「そういえばはじめましてだね。こちらこそよろしくね、コウキくん」

そういえば去年の夏にイスラが来てた時期はコウキは冒険に出て居なかったっけ。

そして、我が弟よ。さっきからどこを見ているんだ。

そして、イスラよ。弟の教育のためにも胸元が強調される服を着ることは許さんからな。

「オークレア王国の第二王女、ルクレス・オークレアだ。ミアと仲良くしてくれてありがとう」

「と、とんでもございません」

「いや、なにさらっと我が家の一員みたいに自己紹介してるんですか」

「なに。家族みたいなものだろう」

「え、いや。まあ、ルクレスさんがそれでいいなら。それよりも、ミアが王家の用事があるって言ってましたけどルクレスさんは大丈夫なんですか」

「なに。私の足と聖剣があればワーガルと王都間なんぞすぐなのだ」

「さすがルクレス様です」

この人今の体形を忘れてるんじゃないのか…………。

「どれ、よいしょっと。ふう」

まじかー。

英雄が「よいしょ」って、まじかー。

「では、そろそろ失礼させてもらうよ」

「おお、ルクレス気を付けてな」

「ああ、トウキ殿もまた会おう」


それだけ言い残すと、酒の匂いをさせながら英雄は去って行った。

許されざる暴挙

　ルクレスさんがドスドスと家を出て行ってから、しばらく家族とゆっくりしたあと、イスラを連れて私の部屋へと来ていた。

「セリナの家に泊まるのは初めてだから楽しみ！」

「そういえば去年の夏はミアも居たから部屋が足りなくて、二人はリセさんの宿に泊まってたんだよね」

「そうそう。まあ、あそこもあそこで楽しかったけどね。毎日冒険者で騒がしかったし。ビスタは冒険者ギルドの総本山があるけど、ワーガルも負けないくらいの活気ねえ」

「ここは、規格外の冒険者が居るおかげで全国から儲かる依頼が殺到するみたい。だから、ある程度の強さの人はここに来るみたいね」

「むー。冒険者はうちの税収に関わるんだからほどほどにしてほしいわ」

「そう言われても私にはどうしようもないわよ」

　他愛のない話をしていると、お母さんの声がする。

「セリナ、お風呂が沸いたからイスラちゃんに入ってもらいなさい」

「はーい。じゃあ、続きはお風呂のあとね」

「私先にいいの？」

「いいわよ。お客さんなんだから」

「じゃあお先に」

お風呂の場所を教えて、お風呂に行くイスラを見送るとベッドに転がる。

ふぅー。なんだか休暇のはずなのに疲れたなぁ。

楽しいからいいはいいけど。

私も早くお風呂に入って疲れを流したい。

…………ん？　…………お風呂。

そのとき私はあることを思い出す。

イスラ＋我が家の風呂＝超兵器の誕生。

「そんなことはさせんぞ！」

私はお風呂へと急ぐ。

「イスラ入るわよ」

「えっ！　ちょ、なんで」

イスラの抗議も無視して風呂のドアを開ける。

「きゃぁぁ！　へ、変態！」

「うるさい！　こっちは人生懸けてんのよ！」

喚くイスラを無視してお風呂を鑑定する。

【匠の風呂】
攻撃力　５００　　防御力　１０００
保温（極大）　美肌効果（極大）　疲労回復（極大）　汚れ除去（極大）

「あれ、ない」

「ないってなにがよ」

「いや、こっちの話だから。では、ごゆっくり」

「ちょっと待ちなさいよ！　てか、なんなのよこのお風呂の能力は!?」


イスラを無視して風呂を出る。

どういうことだ。

育乳が消えている。

まさか、もう育つ余地のない人物が入浴したことで打ち消されたのか？

あれこれ考えながら歩いていると、リビングでコウキと話をしているお父さんと目が合う。

するとお父さんは静かに私にウィンクをしてくる。

「なるほど。そういうことか」

私はなにも言わず、お父さんの肩を揉むことにした。

「姉ちゃん急にどうしたんだ」

「ん？　いや、ちょっと親孝行」

「なんでまた……」

「これ以上は秘密よ」

お父さんナイス！

私が親孝行に精を出していると、イスラがお風呂から出てくる。

それと同時に男性陣の視線がイスラへと移動する。

お父さんは普通にイスラを見ているが、コウキの視線はなんだかやらしい。

「セリナ、出たわよ。ってかさっきの乱入はなんだったのよ」

「ごめんごめん。ちょっとお風呂場に用事があって。気にしないで」

「はぁ……。それより、エリカさんがいつまでも美しい理由がわかったわ。あんなお風呂に毎日入ってたらそりゃ若々しいわよ」

「ははは。もし良かったらイスラちゃんのところにも作ってあげようか？」

「本当ですか!?」

「はいはい。お父さん、そんな調子に乗らないの。じゃあ、私お風呂入ってくるから」

イスラを置いてお風呂へと向かう。

ふむ。コウキはあとで絞めておこう。

お風呂から上がって再び部屋で会話をしていると、ふとイスラの視線が一点で止まる。

「ねえ。ずっと聞こうと思ってたんだけど」

「なに」

「あの、部屋の端っこにある鎧はなんなの。いや、あれ鎧なの？」

イスラが指差す先には水色のビキニアーマーが置いてある。

「ああ、あれ。あれは去年の年末にルクレスさんがうちに置いて行ったんだけど、置き場がなくてここに置いてるのよ」

「えっ！　あれ、ルクレス様の鎧なの!?」

「うん。そうだよ。確か、魔王との戦いのときにお父さんが作ったはず」

「ふぁぁぁぁぁぁ！　超、超、超激レアグッズじゃない！　トウキさん最高！　グッジョブすぎる」

「急に大声出さないでよ！　びっくりした」

「ねえ！　これルクレス様は着たの!?」

「どうかな。多分着たことはあるんじゃないかな」

「ああ！　なんとかして見られないかな」

「どうだろう。着たくないからうちに返品したんだと思うし……」

まずいぞ。

イスラはルクレスさんの信者だった。

この部屋には色々とルクレスさん関連の物がある。

「ねえ！　ちょっと待って！　こ、これは」

ああ、既に物色を始めてましたか。

「今度はなによ」

「これ！　ルクレス様の最初の絵画集の初版じゃない！　なんでこんな物が」

「それはお父さんとお母さんがルクレスさんで遊ぶために大量に買ったやつの残りらしい」

「これがどれだけ貴重か！　初版以外はルクレス様の水着絵が規制されてないんだからね！」

イスラが手にしていたのは若い頃のルクレスさんの姿が描かれた絵画集である。

当時はまだ写真がなかったため、絵画となっているが、どの絵もとても上手である。

「ちょっと！　なによこれは!?」

「はぁ。どれ？　ああ、それは小さいときに肩叩き券をルクレスさんに上げたらお返しでもらった、英雄呼び出し券×五枚ね」

「一枚でいいからください」

綺麗な土下座を披露する。

「いや、だめだから」

「そんな」

結局夜中までイスラの家探しに付き合わされるはめになった。

それから数日は何事もなく過ぎ、今年も今日だけとなったとき、事件は起こった。

朝、部屋を出るとなんだか部屋が騒がしかった。

「お母さん、どうしたの？」

「セリナ、おはよう。ちょっとお母さん伯爵の仕事をしなきゃいけないから出てくるわね。悪いけど家のことをお願いねえ」

「う、うん」

「母さん待って、俺もギルドに色々聞きに行ってくるよ」

「わかったわ」

それだけ言うと、お母さんとコウキは出て行った。

「ともかく、セリナはイスラちゃんを起こして朝ご飯を食べなさい」

「あ、お父さん。うん。わかった」

私は言われた通りにイスラを起こし、朝食を食べるため、リビングの席に座る。

「ええと、トウキさん。どうなさったんですか？」

さすがにイスラも異変に気付いているらしく、恐る恐る尋ねる。

「うん。この新聞記事を見てくれないかな」

私とイスラは差し出された新聞記事を読む。

『年末の暴挙！』

本日未明、シュレック侯爵家を筆頭に貴族の私兵や冒険者が国境を越えて帝国領へと侵攻を開始した。

侵攻に加担している者の多くは、現状ではこれ以上の発展が見込めないことに不満を抱く中小貴族や大貴族の次男以下である。

また、高額な報酬を設定して各地の冒険者も動員しているようである。

既に貴族連合は国境の帝国軍を退け領内を順調に進軍していると見られる。

王国政府は『全くもって認められない暴挙である。到底許されることではない。厳正に対処する』と述べ、既に国王名で停戦の指示を出しており、従わない場合には国軍を派遣する方針だ。


『反逆者か愛国者か』

今回の侵攻軍の総司令官はシュレック侯爵家の嫡子、ロイス・シュレック氏であることが判明した。

ロイス氏は、王立貴族学校において帝国への侵攻・併合を訴える活動をしており、今回はその活動の総仕上げと言ったところであろうか。

シュレック家といえば、勇者と共に魔王と戦った戦士に連なる一族であるだけに、ロイス氏も武芸に秀でていると言われている。

貴族連合の快進撃に国軍の中にも彼らに合流しようとする者が現れはじめ、このまま帝国を屈服させるようなことがあれば事態がどう動くかわからない。

『大英雄ルクレス姫、未だ姿を見せず』

此度の動乱においては、第二王女であるルクレス姫の動向が注目される中、未だその姿を見せていない。

王国政府のある人物によると、『ルクレス様は今現在王都にはいらっしゃらない。ここ数日行方がわからない』とのことである。

一説によると、ワーガルに行ったきり帰ってきていないとも言われている。

また、最近青色の丸い人型のモンスターが王国で度々目撃されていることも気になるところである。


記事を読み終わった私たちはお父さんを見つめる。

「そんなに見ないでくれ」

「いや、この最後の青色の丸い人型モンスターってルクレスさんだよね」

「ルクレスは太ると、ダイエットのために山に籠もるんだ。多分、王都に帰る途中でこれはヤバいと思ってそのままダイエットを始めたんだろう」

「じゃあまさか」

「ルクレスはこのことをまだ知らないだろう。痩せて下山するまでは」

「なにしとんじゃ！　バカ夫婦！」

「セ、セリナ！　痛い痛いから」

昨日のお父さんへの感謝を返してほしい。

さらなる事変

「イテテ……。若い頃のエリカそっくりだった……」

「はぁ。それで、これからどうなるの？」

「まあ、うちがなにかすることはないだろうな。エリカも情報収集のために動いただけだし。エルス家には参戦要請なんて一切来なかったからな」

そりゃそうだ。

学校であれだけ争ったエルス家に参戦要求が来たらびっくりするわ。

「ただ、こんな非常事態だから、イスラちゃんはご実家に帰すよ。いいね」

「はい。仕方ありませんね」

「イスラ、ごめんね」

「セリナが謝ることじゃないでしょ。また、次の休暇で遊びに来ればいいんだから」

「イスラちゃんならいつでも大歓迎さ。さあ、馬車の手配をしてるから準備をして」

「わかりました」

「手伝うわ」

その後、イスラの旅支度をして馬車付場に移動した。

そこには、アベルさんとジョゼ姉が居た。

「トウキさん、どうもっす」

「アベルもこの忙しいときにすまないな」

「トウキさんとエリカさんの頼みなら全然大丈夫っすよ」

「ええ、私たちに任せてください」

「まさか、アベルさんとジョゼ姉がイスラの護衛をするの？」

「ああ。最初はワーガル騎士団に頼もうかと思ったんだけど、今は貴族の私兵を動かしたらどうなるかわからないからね。二人に頼んだんだ」

「なるほど」

この辺の頭の回転はさすがである。

お父さんも伊達に魔王との戦いを潜り抜けてはいない。

「わー！　Sランク冒険者に護衛をしてもらえるなんて感激です」

「ふふふ。よろしくね、イスラちゃん」

「はい！　よろしくお願いします。はあ。本物の『紫電』だ」

「はは。昔の話だよぉ。けど、腕はそこまで鈍ってないと思うから安心してね」

「そろそろ行こうぜ」

「うん。わかった。アベル君、馬お願いね」

　そう言うと、イスラとジョゼ姉が荷台へ、アベルさんが御者席へと着いた。

「帰りは好きにデートしてきていいぞ」

「もう！　トウキさん」

「行ってくるっす」

「セリナ、また学校でね」

「うん。元気でね」

　こうして親友は思わぬ形で実家に帰って行った。

「けど、アベルさんはわかるけど、なんでジョゼ姉まで」

「ギルドに行ってみればわかるさ」

「じゃあ行ってみる」


　お父さんと別れて、ギルドへと足を運ぶ。

「こんにちは」

「いらっしゃい。あら、セリナちゃん」

「あ、姉ちゃん」

　ギルドにはいつもの受付嬢と弟が居た。

　が、それ以外の人の姿が見えない。

「あれ、二人だけですか」

「アトル君には買い出しに行ってもらってるのよ」

「いやいや、うちの弟以外の冒険者はどうなったんですか」

「姉ちゃん、これ」

そう言うと、コウキが一枚の紙を差し出す。


『傭兵要請』

シュレック侯爵家の傭兵として参戦を求める。

報酬一日十万E(エルス)。

略奪品は各自の報酬とする。

活躍したものはシュレック家騎士団に取り立てる。


「こんなベラボウにうまい依頼が全国のギルドに張り出されて皆行っちゃったんだ」

「うげぇ。こんな依頼よくフランクさんが認めましたね」

「なにをどうしたのか知らないけど、ギルド総本山からの強制掲示案件だったから、うちの人も断れなかったのよ」

「そうなんですか」

ギルド総本山と聞いて先ほど帰路についた親友のことを思い出す。

　イスラは大丈夫だろうか。

「それで、イスラの護衛にジョゼ姉が駆り出されたんですね」

「そういうことね。まあ、ジョゼちゃんも久しぶりにアベル君と組めるって嬉しそうだったから、いいじゃないかしらね」

「そうですか……」

「姉ちゃんがそんな暗い顔してても仕方ないと思う。学校でなにがあったかは知らないけど、なんとかなるって」

「そうだね」

　この野郎、イスラの魔力に惹(ひ)かれてたくせに良いこと言いやがる。

　お姉ちゃん泣きそうになるだろうがチクショウ。

　お母さんが会議から帰ってきて教えてくれたところでは、ワーガルとしても特になにをするでもなく、しばらくは静観することになった。

　あと、我が家の風呂に育乳が復活した。


　結局派手に新年を祝うでもなく、年を越し、数日が経っていた。

　連日のように新聞では、貴族軍の快進撃が報じられていた。

　貴族を止めに出陣した国軍の一部がそのまま貴族軍に合流するという事件まで発生する始末で、王国内でもこのまま帝国を打倒せよと主張する人も増えてきた。

貴族の快進撃を支えているのは、お父さんの製品であることからうちに取材に来る記者も居たが、街に入って記者とバレると住民総出で追い出していた。

ありがたいことである。

なにせ今のお父さんといったら…………。

「あああ！　また、増えてる」

「もう、気にしないのよ」

「エリカ！　後ろはまだ大丈夫か」

「大丈夫だから。ね？　仮にまるハゲになっても別れたりしないから」

「まるハゲはいやだ」

毎日のように円形脱毛を探している。

おそらくお父さんも自責の念に駆られてるんだろう。

イスラは、アベルさんとジョゼ姉が無事送り届けてくれたそうだ。

それと、学校からは事態が落ち着くまで冬期休暇を延期するという通知が来た。

そりゃそうだ。

ロイス先輩を含めてうちの生徒が多く参戦しているのだろうから。

「父さん！　母さん！　大変だ」

ギルドに行っていたコウキが血相を変えて家に入ってきたのは、お父さんがちょうど新しいハゲを見つけたときだった。

「コウキ！　お父さんは既に大変だよ」

「いや、そんなことはどうでもいいんだよ！　これ見て」

コウキは新聞の号外を差し出す。


『共和国、帝国侵攻！』

王国の南方に位置するエシラン共和国が帝国南部に侵攻を開始した。

共和国政府によると、『オークレア王国の引き起こした動乱により、帝国に居る我が国の人民の安全が脅かされている。王国の侵攻を非難すると共に、人民保護のために我が国の軍を派遣することを決めた』とのことである。

これで帝国は西から王国貴族軍、南から共和国軍の攻撃を受けることとなる。

昨年末から続く動乱はこの先どうなるのであろうか。


「まさかお父さん、共和国にも物を売ってたんじゃ……」

「売ってないよ」

「はあ。また厄介な。トウキ、私ちょっと行ってくるから」

「ああ、わかった」

お母さんは疲れた様子で家を出て行った。

生きる伝説

王城の地下牢の一角、アーネストは小さく呟く。

「ほうほう。これはなかなか楽しいことになっていますな」

牢そのものに始まり、足枷手枷ともあのクソ鍛冶屋のお手製のため、抜け出すことは敵わないが、遠視の魔法によって外界の様子を探ることはできる。

ここ数日は暇な日常を破壊するほど楽しかった。

まさか、人間界でこれほど大規模な戦闘が起こるなど思ってもいなかった。

「ですが、今日は今までで一番面白くなりそうですねぇ」

アーネストが見るのは帝国の帝都近郊の様子である。

王国貴族軍は進軍を続け、ついに帝都付近まで駒を進めていた。

だが、その快進撃がもうすぐ終わることをアーネストは知っていた。

というのも、昨日久しぶりに忌わしき勇者の末裔の気配を感じ取ったので、城の内部を見ていると以下のようなやり取りを見たからだ。

「このバカ娘が！　この国の一大事になにをしていたのだ！」

「も。申し訳ございません」

ルクレスがダイエットの旅から城に戻って既に数十回目の謝罪をしていた。

「まあまあ。父上、ルクレスも反省していることですし」

「お前は、昔から妹たちに甘くていかん！　そんなことでは、わしが死んだあとこの王国はどうなってしまうのだ……」

ルクレスの実の父であり、オークレア王国の国王は、その老いた見た目からは想像もできない迫力でルクレスに説教をしたかと思えば、しょぼくれてしまった。

「申し訳ございません。私のせいで、兄上まで」

「ははは。いいんだよ。最近は、父上も歳をとってこんなのばっかりだから。ただ、今回は流石に私もどうかと思うぞ」

「うぅ。返す言葉もございません」

内心、田舎の鍛冶屋夫婦に対して必ず仕返しをしてやると思いながらルクレスは頭を下げる。

「父上、ルクレスも戻ったことですし、対策について話しましょう」

「ああ、そうじゃな」

「父上。なんなりと、お申し付けください」

「うむ。まあ、やることは簡単じゃ。今すぐ最前線に行ってバカをやめさせてくるのじゃ」

「わかりました」

ルクレスのやることは単純であった。

近衛兵などを差し向けることも検討されたが、王国貴族軍との武力衝突が発生する可能性もあり、王国軍が王国民を攻撃する事態にもなりかねない。

ルクレスであれば、圧倒的な力の差があり、かつ、国民からの信望も厚い。

そのため、武力衝突もなく撤兵させることができると国王たちは考えていた。

「万一、撤兵が上手くいかない場合には、首謀者のシュレック家の嫡子を討ち取ってもかまわん」

「なっ」

ルクレスは驚愕の表情を浮かべる。

流石のルクレスでも顔も名前も知ってる青年を切り伏せるのは、覚悟が必要であった。

「先ほどシュレック家から連絡があったのじゃ。『ロイスが勝手にやったことであり、シュレック家は王家に忠誠を誓っている。ロイスがどのような状態になろうと構わない』とな」

「はぁ。全く、シュレック家も腹黒いですね。ロイス君が勝てば担ぎ上げるつもりでしょうし、負けても御家は残してもらおうって魂胆が見え見えですね」

「貴族とは、本来こんなもんじゃ。お前も国王となる身なら、これくらいでどうこう言っていては持たんぞ」

「ええ。わかってますよ」

それだけ言うと、ルクレスの兄、次期国王であるエルヴェ・オークレアはルクレスを見る。

「私はオークレア王国国王の娘として、英雄として、国王陛下に歯向かう者はたとえ王国民であっても排除するのが使命です」

「そうか。お前にはいつも辛い仕事をさせるのう」

「いえ。では」

それだけ言うと、ルクレスは帝国へと旅立った。


「しかし、あの規格外チート娘が行ったからには、この楽しい宴もそろそろ終わりですねえ」

アーネストはここ二十数年ほどで一番楽しいひとときが終わろうとしていることに寂しさを覚えつつも、帝国前線の様子を探ることに集中する。


「いやー、帝国のやつら大したことはなかったですな」

「ああ。どいつもこいつも、時代遅れのショートソードなんか使ってたからな」

「しかし、聞いたか共和国が参戦したって」

「ああ。あいつらもズルいぜ。帝国が死に体になってから参戦するなんてよ」

「共和国に取り分を取られないうちにさっさと帝都を落としてしまおうぜ」

「いっそ、共和国も倒してしまえばいいんじゃないか」

下級貴族の男たちが楽しそうに談笑しながら帝国領を帝都に向けて進軍している。

彼らの少し後ろには上級貴族の次男三男といった者たちが続いている。

先鋒を下級貴族にさせる上級貴族が多い中、総大将のロイスだけは冒険者や勇敢な貴族たちを率いて最前線で戦い続けていた。

今は、テントの中で後続を待つためにネリンと共に休憩をとっている。

「帝国には強いやつはいないのか」

「ロイス様、お茶でございます。仕方ないかと」

「なぜだ」

「帝国ではめぼしい強者は二十三年前の魔王軍との戦いで戦死し、後継者が育っておりませんので」

「なるほどな」

ネリンの報告を聞きながら、ロイスはお茶を口にする。

開戦前はあれだけ昂っていた気持ちも、今では率いてきた貴族たちに対する義務感からただ敵を蹂躙(じゅうりん)するだけの作業により、すっかり冷めてしまっていた。

そのため、見張りの冒険者がその報告をもたらしたとき、ロイスの心は沸き立った。

「ロイス様！　大変です！　ルクレス様が」

「なんだと？」

ロイスはすぐに立ち上がるとテントを飛び出す。

すると、ちょうど丘のようになったところの上に、紛うことなき、オークレア王国の英雄が立っていた。

「オークレア王国の民よ！　ルクレス・オークレアである！」

地面に聖剣を突き立て、毅然とした態度で佇みながら、拡声魔法を使って貴族軍全体に聞こえるよう呼びかける。

これだけの拡声魔法を使えるのは大陸でもルクレスだけであろう。

「再度、国王陛下のお言葉を伝える！　今すぐ国へ帰れ！」

当初、ついにルクレスが援軍に来たと沸き立っていた王国貴族軍は一気に静まりかえる。

「良いか！　今から十数えるうちに回れ右をして帰らぬ者は私が相手となろう」

ルクレスのその言葉に、再び王国貴族軍はざわめく。

ルクレスの視界に写る範囲でも、「おい、どうする」「ほ、本気なのか」といった会話が聞こえてくる。

「十！　九！　八！」

ルクレスはその様子を気にも留めず、カウントダウンを開始する。

そして、「六！」と言ったと同時に聖剣を引き抜く。

それに反応するかのように、王国貴族軍は蜘蛛（くも）の子を散らすように一斉に走り出す。

「ほ、本気だ！　ルクレス様は本気だ！」

「勝てるわけねぇ！　帰るぞ！」

一番勇敢な者が集う最前線の者たちが逃げ出せば、聖剣を引き抜いたことを知らない後方の者たちも連鎖的に逃げ出す。

ルクレスが数え終わる頃には、目の前に二人しか残って居なかった。

「やはり、残ったか」

「ええ。大英雄のルクレス様とやり合える機会がせっかく目の前にあるのですから」

「そうか。そちらの女性は？」

「わ、私はネリン・エッサと言います」

「エッサ伯爵の娘か」

「は、はい」

ルクレスの雰囲気はいつもの優しさに満ちたものではなくなっている。

それを感じ取ったのか、ネリンは声が震え、立っているのがやっとという状態である。

「今なら特別に見逃すこともできる」

「い、いえ！　私はロイス様のおそばにいます」

「そうか」

それだけ言うとルクレスは聖剣を構える。

「ネリン。離れていろ」

「は、はい」

ネリンが離れると、ロイスも家宝の大剣を構える。

「一撃だ。一撃で決めるぞ」

「ええ。私もルクレス様相手に何度も切り合う力量はございません」

それだけ言うと、一瞬の間が空く。

そして、空気がグッと圧縮されたような緊張感があたりを包んだかと思うと、両者は一気に踏み出す。

「はぁぁぁぁあ！」

「ふんっ！」

振り下ろされる大剣に、一筋の光のように聖剣を振りぬく。

甲高い金属のぶつかる音が響き渡った。

ロイスの大剣は聖剣とぶつかった場所からひび割れ、そして折れた。

「ははは。流石に勝てませんでしたか。しかし、最後にこれほどまでに気持ちが昂る戦いができて私は幸せでした」

「なにを言っている」

「武器が壊れたのです。ルクレス様の勝ちでございます」

「なにを勝手に終わらせているのだ！　まだまだ終わりではないぞ！」

「ルクレス様？　ちょ、ちょっと！　な、なにを」

ルクレスはロイスの首根っこを掴むと四つん這いにさせる。

そしてまずは一撃。

バチーン！

「ひえ」

人生で初めて尻を叩かれたであろうロイスは威厳もくそもない声を上げる。

「このバカ者が！　バシン！　貴様のせいで私が！　バシン！　どのような思いで！　バシン！

王都を出立したと思っているのだ！　バシン！」

その後も、ルクレスの説教は終わらない。

「そこ！　動くな！」

「はい」

「次はネリン殿だからな」

「お、お許しください」

「ならん」

その後も、ルクレスの尻叩きは続き、異変に駆け付けた帝国兵すら止めることができず、見守り続けた。


「ははははは！　これは愉快であった！　あれほど偉そうにしていた戦士の末裔が無様なものだ」

アーネストは高らかに笑う。

「最後の最後で大変面白いものを見ることができた。さて、そろそろ魔法を使うのもやめるかな。

これ以上男が尻を叩かれて泣き叫ぶ姿を見たくもない」

アーネストがそう考えていたとき、ある反応を感じ取った。

「ほうほう。これはこれは。なんとも面白いことは続くものだ」

アーネストはもうしばらく退屈しなくて済むことに喜びを感じつつ、そのときはまだであることから横になるのであった。

事後処理

「おはよ」

「ああ、セリナおはよ」

「あっ」

　朝起きてお父さんの持っている朝刊の見出しに目が行く。

「流石はルクレスだよ。ほんと規格外だ」

　そう言いながら、お父さんは新聞を差し出してくれる。


『**貴族軍、ルクレス姫により鎮圧される！**』

　シュレック家の嫡子ロイス氏に率いられ、帝国へと侵攻をしていた貴族軍（一部冒険者）がルクレス姫により鎮圧され、王国へと撤退したことがわかった。参加していた貴族の一人は『この世の中には絶対に歯向かってはいけない存在というものがあることを知った。もう二度と王家の言うことを無視したりはしない』と話しており、ルクレス姫の本事件に対する姿勢の厳しさが伺えた。王国政府は、加担した貴族を軒並み降格し、また領地の一部没収も行う意向だが、一切の抵抗はないと思われる。また、加担した一部の王国軍兵士は解雇する模様だ。なお、首謀者のロイス氏はシュレック家の家督相続権を失うと共に、今後裁判にかけられる見通しである。


「ロイス先輩…………」

「そういえば、セリナは首謀者のロイス君を知っているんだったな」

「うん。まあ、私にとってはホント大っ嫌いな先輩だけどね」

なにより一度殺されかけてるし。

「そういえばコウキは？」

「ああ、それが今朝早くにフランクさんが来てな。寝間着姿のままコウキを拉致していったよ」

「えっ」

おい。父親としてそれはいいのか。

「セリナ」

「うん」

「お父さんがフランクさんに歯向かえると思うか？」

「そうだね。はあ」

「そう露骨にため息つかれるとお父さん傷つくんだが…………」

「じゃあ、せめて虫ぐらい駆除できるようになってよ」

「好きなだけお父さんにため息をついていいぞ」

「おいこら」

　ときどきなんでお母さんがお父さんのことが好きなのかわからなくなる。

「そういえば、お母さんもいないね」

「ああ、エリカなら隣だよ」

「おじいちゃんのお店？」

「ああ。全く、ほんとたくましいよ」

「どういうこと」

「行けばわかるよ」

「わかった。じゃあちょっと行ってくる」

「ついでに、コウキの様子も見てきてくれよ」

「自分では行かないの…………」

「うぐっ。ちょっと眠くて…………」

「はあ。わかった。行ってきます」

「行ってらっしゃい」

　そう言って大あくびをするお父さんを放置して隣の道具屋へと移動する。

「すいません！　まだ開店時間じゃないんですよ…………ってセリナか」

「お母さん、おはよう。ってかセリナかじゃないよ」

「おはよう。ごめんごめん」

「おお、セリナか。おはよ」

「あ、おじいちゃんもおはよ」

おじいちゃんは私が小さい頃は伯爵家の当主をしていたけど、今ではお母さんに家督を譲って、道具屋の店主をしている。

といっても、今でも街でなにか問題があればお母さんよりおじいちゃんに相談に来る人がいる。

なにより、カフェのマスターと服屋のおじいちゃんと雑貨屋のおじいちゃんと組ませればこの街でこのパワフル爺たちに敵うものはいない。

あのフランクさんですら、この人たちには頭が上がらない。

噂によると、お父さんの方のおじいちゃんも昔はこのメンツの一人だったとかなんとか…………。

「で、親子揃ってこんな朝早くからなんでお店に居るの？」

「甘い！　甘いわよセリナ！　そんなことじゃ、商人のエルス家としてはまだまだだよ」

「は、はあ」

お父さんが鍛治バカならお母さんも商売バカである。

「今回の一件で、多くの冒険者や兵士が装備や職を失ったわ」

「そ、そうだね。…………ああ、そういうこと」

「そうよ！　今こそ久しぶりにトウキの作品をジャンジャン売り込むチャンスなのよ！　グフフフ」

「うわぁ…………。ってかそんな売り込むほど商品の在庫あった？」

確かお父さんはオーダーメイド品ぐらいしかここのところ作っていないはずだ。

それすらもほとんどないが。

「ふふふ。なんと、頼んでもないのにトウキが徹夜して作ってくれてたのよ！　ああ、流石トウキだわ！　愛してる」

「はぇ…………」

そう言いながら、お母さんは陳列棚からヤカンを手に取りに頬ずりをしている。

その後ろではおじいちゃんが忙しそうに開店の準備をしていた。

なるほど。

お父さんが眠そうだったわけだ。

そしてなにより、お母さんのこの行動を見越して在庫の生産をしているなんてお父さん恐ろしすぎる。

こういうところにお母さんも惹かれたのだろうか。

「てか、ついこの前まで、帝国での戦いで製品が使われていることにストレス感じてたのに」

「ん？」

「いや、だって髪の毛を気にしてたじゃない。あれは自分の製品で争いが起きてるから自責の念で…………」

「…………。そ、そうね！　そうよ、そう」

「ちょっと、お母さん」

「う、うん」

「本当のところはどうなの？」

「うぅ…………。実際は、このままじゃ武器を供与したってことで自分が王国政府に捕まるんじゃないかって心配だったみたいねえ」

「私、お父さんみたいにならないように自分をもっと磨くわ」

チクショウ。

ちょっと見直しかけた気持ちを返してほしい。

お父さんの情けなさを改めて認識して、私は道具屋をあとにする。


セリナが店を出てからしばらくして、突然店の扉が開け放たれる。

「王国政府の者である。ここがエルス家の道具屋で違いないか」

「そうですけど」

エリカが慌てて対応する。

「では、王国政府からの通達を読み上げる。『本日よりエルス家の道具屋は無期限の営業停止処分とし、所有するトウキ製品の全てを没収する』以上である。それではかかれ」

その号令と共に、次々と役人が店内に入ってきて、店にあるトウキ製品を没収していく。

「ちょ、ちょっと！　なんで没収されなきゃならないのよ！」

「王国政府の決定である」

「だから理由を聞いてるのよ」

エリカと役人は押し問答を繰り返す。

が、その間も次々と没収され、やがて店には普通の商品しかなくなっていた。

「それでは、失礼する」

それだけ言い残すと、役人たちは去って行った。


道具屋をあとにした私は、コウキの様子を見に行くべく、ギルドへと足を踏み入れる。

「この大馬鹿者どもが！」

入ると同時にとんでもなく大きな声が響き渡る。

声の主は言わずもがな、フランクさんであった。

その右隣にはアベルさん、左隣には寝間着姿のコウキが立っていた。

そして、その前にはワーガルギルドの冒険者がズラッと並んでいた。

………なんだこれは。

「あんなとんでもない募集に乗りよって！　お前たちがいない間、わざわざジョゼにまで復帰してもらって人々の依頼をこなしていたのだぞ！」

「あなた。その辺にしましょう。もうかれこれ三時間は説教をしてるわ」

「しかしな」

「コウキ君が心配でセリナちゃんが見に来てるわよ」

そう言うとフランクさんを止めに入ったリセさんが私のことを指差す。

「む。そ、そうか。ともかく、お前たちしばらくは報酬額を減額して差額は寄付するからな！　いいな！」

それだけ言うと、フランクさんは奥へと下がっていく。

「姉ちゃんサンキュー！」

コウキが半泣きで駆け寄ってくる。

「泣かなくてもいいじゃない」

「だってよお。寝間着姿で拉致されたかと思えばずっと説教に付き合わされたんだぜ。いつ終わるのかわからなかったし」

「なんであんたは拉致されたのよ」

「それが、他の冒険者はアベルさんとジョゼさんと俺に感謝すべきだとか言って、一人一人俺たちに頭を下げさせるという儀式を行ってだな………」

「あんたも大変ね」

「ほんとだよ。じゃあ、俺は帰って寝るわ」

「じゃあ、私も一緒に帰るわ」

そう言って私たちがギルドを出ようとしたとき、ギルドの扉が開け放たれる。

「王国政府の者である。皆の者、動くな」

ワーガルの街は騒然とした。

いや、正確には王国中が騒然とし、中でも特にワーガルが騒然としたと言うべきだろうか。

突然、王国中のトウキ製品の没収が始まったのだ。

それこそ、商店の在庫から各家庭の日用品、冒険者の装備に至るまでである。

没収の相手がトウキ作のショートソードで武装した兵士を引き連れた役人とあれば抵抗もできない。

特にワーガルでは、エルス道具屋は営業停止、鍛冶屋も閉鎖されてしまったのだから大騒ぎである。

「ほげー」

「ぐへー」

「ちょっと、お父さん、お母さん、お母さん」

最近のお父さんとお母さんはずっとこんな感じである。

特にお母さんは、あの日せっかくの商機を逃したのがよっぽど悔しかったのか、何度も王都に行っていたが、全く相手にされていなかった。

リセさんなんか、フランクさんやカデンさん、フランさんの武器が没収されるとき、半分狂乱状態であった。

なにがあの人をそこまでさせるのか………。

ただ、役人が気付かなかったのか、敵わないため敢えて見逃したのか、アベルさんやジョゼさん、コウキの持っている武器状のトウキ製品は没収されることはなかった。

「これから我が家はどうやって食べていけばいいんだ…………」

「はなからトウキの収入には期待してないけどね…………。道具屋まで営業停止にされちゃねぇ…………」

「この会話だけ聞くと、お父さんほんとダメ夫だね」

「ぐはっ」

「こらセリナ！　トウキ大丈夫よ！　いざとなったら私が冒険者として稼ぐから」

「ふぐう」

「いやいや、お母さんもお母さんでお父さんのプライド粉々に粉砕するね」

ただ、なんだろう。

この二人この状況でも心底落ち込んでるわけではなく、むしろなんだか楽しそうである。

「まあ。俺が冒険者で稼ぐからさ」

「いいのよ。コウキは自分のためにお金は貯めておきなさい」

「けどさ」

「エリカの言う通りだ。大丈夫、なんとかなるさ」

「そうそう。きっとなんとかなるわ」

「ねえ。そう言いながらお父さんもお母さんも足が震えてるんだけど…………」

「「ソ、ソンナコトナイヨ」」

そんなこんなで、我が家に新しい問題が発生したのであった。

ウルトラCはエルス家の得意技

トウキ製品没収事件から二週間が経とうとしていた。

未だに学校から再開の連絡は来ない。

というのも、王国がそれどころではなくなっていたのである。

トウキ製品がなくなったことによって、王国の日常生活に支障が出ていたからである。

エルスの鍛冶屋が閉鎖されたことによって、かつての鍛冶屋が復活したのは良いのだが、圧倒的に生産量が足りていないというのが一つ。

もう一つは冒険者の質が一気に下がり、冒険者だけではモンスター退治が追い付かなくなり王国軍が東奔西走という状態であった。

昔は、普通の武器でも強い冒険者が居たものであるが、今の冒険者はトウキ製品によってランクこそは高いが、技量や胆力といったものがまるでなかった。

おかげで、トウキ製品を手にしていないことから、戦う前から逃亡する冒険者が続出したわけである。

なお、没収の少しあとに政府は今回の件について公式発表を出した。

『王国政府、トウキ製品没収の理由を公式発表』

王国政府は、突如開始されたトウキ製品の没収についてその理由を発表した。政府によると、『トウキ製品というトンデモ兵器を民衆が持つことの危険性は常に感じていたが、今回ついに現実に起こってしまった。今後このようなことが起こらぬよう、トウキ製品を民衆から没収することにした』とのことである。トウキ製品の没収により鍛冶業界は復活を遂げているが、それ以外の産業には大打撃を与えている。王国政府は先の帝国侵攻で貴族から取り上げた財産を使って経済政策を打ち出す方針ではあるというが、果たしてどうなるかは不明である。


「おー。見ろよエリカ」

「ん」

「鍛冶業界は盛り上がってるらしいぞ」

「へー。ところでトウキの職業ってなんだっけ？」

「ん？　鍛冶屋だぞ」

「「ははははあ」」

「ええい！　悲しくなるからやめい！」

昼間からリビングで馬鹿笑いしている両親にツッコミを入れる。

「いてぇ！　ますます若い頃のエリカにそっくりになってきたなぁ………」

「ちょっと、私はもうちょっと可憐だったわよ」

「いや、可憐なお母さんは想像できないんだけど」

「ああ、エリカは恐ろしいぞ。なにせジャングルで巨大な虫型モンスターを一撃で葬り去ったからな」

「えっ」

お母さんから離れる。

「あれはトウキとジョゼが役に立たなかったからしょうがなくやったんでしょ！　あと、セリナ！　露骨に離れないで！」

「はははは。まあ、昔はこれに税金とかでもっと生活に困ってた時代があるし、大丈夫だろう」

「そうね。うちは王国への税金の支払いがないし」

「なんでただの伯爵家なのにうちはこうも待遇がいいのよ………」

とまあ、最近はこんな感じで過ごしている。

コウキは数少ないSランク冒険者としてアベルさんと、急遽復帰したジョゼ姉と毎日王国中に駆り出されている。

あと、カデンさんとフランさんもせめてワーガルは騎士団が守ると日々猛訓練を積んでいる。

おかげで、ワーガルは王国軍の援助がなくてもやっていけている。

というか、街の人たちに至っては、「まるで二十三年前みたいですな」とか、「久しぶりになんだかわくわくするわい」とか「シュレック家との戦争のときに比べたらこれくらいの恐怖は屁でもないな」とか言ってる人間が多かった。

この世の中にあって、ワーガルの人は逞しかった。

「しかし、珍しいな」

「確かにそうねえ」

「なにが」

両親が口を揃えて同じようなことを言うからつい尋ねてしまった。

「いやな。大体こういうことがあるとルクレスが来るものだが、今回はなぜか全然気配がないからな」

「そうよね。いつもなら、これくらいのタイミングで打開策を引っ提げて登場してくれるはずよねえ」

「すまない。今回はなんの打開策もないんだ」

「あら。残念」

「エリカ殿、すまない」

「「「…………」」」

エルス家に一瞬の沈黙が流れる。

「って！　ルクレスさん！」

そして、私だけが叫ぶ。

いや、なんでお父さんもお母さんもびっくりしないのよ。

「ほんと、その足音を消せる副作用は便利だな」

「とりあえず、ルクレスもお茶どうぞ」

「ありがと」

「いやいやいや。お父さんもお母さんも順応しすぎだから」

「『もう慣れた』」

やっぱり、我が家はおかしい。

「それで、今日はどうしたんだ」

「すまない。私の力が及ばずトウキ殿に迷惑をかけてしまった」

「なんだそんなことか」

「そんなことではない！　失われた聖剣を復活させ、我が国の危機を救った救国の英雄たるトウキ殿にこのような仕打ちを！　私は腰に差したこの素晴らしい聖剣に対して申し訳ない気持ちでいっぱいだ！　何度自害しようと思ったことか………」

ルクレスさんは一気にそうまくしたてる。

それを聞いたお父さんはなぜか汗だくである。

隣のお母さんもなぜか目線を逸らしている。

「ル、ルクレスがそんなに気にしなくても大丈夫だよ！　そ、それにほら俺も王国人としての使命でしたことだし！　な、エリカ」

「えっ？　ええ、そうね！　ルクレスが気に病むことじゃないわ」

うーん。

なんかあやしい。

「私は何度も国王に直訴したのだ！　あのような素晴らしい腕を持つまで積み重ねた努力を踏みにじるのかと！　分野は違えど、道を極めし同志としてとても悲しく、申し訳ない…………」

「ルクレス！　もう、（俺が情けなくなるから）そこまでにしよ」

「そうよ！　これ以上は（トウキの）心が持たないわ」

「ふ、二人は…………。二人はなんと優しいのだ…………」

ルクレスさんは泣き崩れた。

「そういえば、ロイス先輩はどうなりそうですか」

私はルクレスさんが落ち着いたところで、気になっていたことを尋ねる。

「うむ。ことがことだけに王国政府も慎重になっているようだ。特に今回の首謀者は勇者と共に戦った戦士の末裔であることから、簡単に極刑というわけにもいかない」

「そうですか」

「なにより…………」

「なにより」

「私が捕まえたときにキツく灸をすえたせいで、入院しているのだ…………」

「一体なにを…………」

「お尻をペンペンだ」

ああ…………。

プライドが服を着て歩いてるようなロイス先輩のことだ。

おそらく尻の状態よりも心がやられたんだろう。

少しだけかわいそうな気もしなくない。

…………イスラなら喜びそうだと一瞬考えてしまった。

「しかし、これからどうするのだ？　鍛冶屋も道具屋も営めないとなると」

「なに。今までの蓄えもあるし、なにより子どもたちも自分で稼ぐことができるしな」

「いや、私学生なんだけど」

「ああ、そういえば。セリナ殿にも知らせがあったのだ」

「なんですか」

「貴族学校なのだがな」

「はい」

「在校生の多くが今回の事件に関わっていたことから、立て直しのために来年の春まで休校となるそうだ」

「はい？」

「あと、学生長選挙をする余裕もないから、卒業までセリナ殿が学生長となるそうだ」

「はいい!?」

「そ、そんな目で見ないでくれ！　わ、私にできることならするから」

はーん。

おそらくこれは決定事項で学校に帰れば必ず待ち受けているんだろう。

ならいっそのことその前提を壊してやろう。

「そうですか。では、少しお願いを聞いてもらいましょうか」

「う、うむ」

「できれば両親への償い分も含めてもらいたいのですけど」

「ふ、二人がそれでいいと言うなら………」

チラッとルクレスさんが両親の方を見る。

両輪は力強く頷く。

その顔はあきらかに、面白そうなことになるという顔であった。

「では、聞こうではないか！　ルクレス・オークレアが叶えてやろう」

「じゃあ………」

私は願い事をルクレスさんに伝える。

「なっ！　そ、そんなこと」

願い事を聞いたルクレスさんは驚きの声を上げる。

「ほほう。我が娘ながら、なかなかルクレスの扱いが上手いじゃないか」

「誰に似たのかしらねえ」

「トウキ殿とエリカ殿、なにをほっこりしておるのだ！　というか二人はいいのか？」

「『うん』」

「そ、そんな………」

ルクレスはこの夫婦に付き合うと碌なことが起きないと改めて思いつつも、大見得を切った以上引くわけにもいかなかった。

「いいだろう！　その願いなんとしても叶えてやろう」

それだけ言うとルクレスさんは飛び出していった。

「さて、こっちも用意しますかねえ」

「そうね。街の人にも手伝ってもらわないと」

「そこまで大々的にしなくても………」

「大丈夫、大丈夫。みんなノリノリで助けてくれるわよ。じゃあ、お母さんは行ってくるわね」


それから数日後。

ワーガルの一角には人だかりができていた。

人だかりの前にはお母さんが立っている。

「えー。皆さんの助けのおかげでこんなにも早く完成しました。ありがとうございます。では、この新しい鍛冶屋の店主からひと言頂きましょう」

お母さんから促されて私はみんなの前に進み出る。

「えーと。今日はお日柄もよく」

「セリナ。緊張しすぎだ」

「お、お父さんは黙ってて」

父娘のやり取りに群衆から笑いが巻き起こる。

「はぁ。ええと。では、皆さんに言うことは一つだけです」

群衆は静かに耳を傾ける。

「必要なものは必ず『セリナ鍛冶屋』から買うこと」

その声に群衆は歓喜の声を上げた。

「はい。フランクさん。これでどうですか」

完成したトングをフランクさんに差し出す。

と、フランクさんより先に付き添いのリセさんが素早くトングを私の手から奪った。

「ああ！　流石セリナちゃんだわ！　そう、これよこれ！」

「よ、喜んでもらえたようでなによりです…………。その、こんなスペックなんですけど、フランクさんも大丈夫ですか」

私は鑑定結果の書いた紙を渡す。

【トング】
攻撃力　150×2　**防御力**　150×2　**握力強化**（中）　**耐久性**（中）

「ああ。十分さ。むしろその年齢でこれだけのものが作れるなんて。トウキ以上の才能なんじゃないか」

「ははは。お父さんには敵いませんよ」

「いやいや。確かトウキがすごい鍛冶屋になったのは二十歳の頃で、それまでは少し腕のいい鍛冶屋ってところだったからな」

「そうなんですか」

一体二十歳のときになにがあった。

「じゃあ、これを頂くわね」

「はい。カデンさんとフランさんのも完成したら連絡しますね」

「ええ。お願いねえ」

リセさんはお代を払うと、フランクさんと鍛冶屋をあとにした。

禁止されたのはトウキ製品、閉鎖されたのはトウキ鍛冶屋、だったらセリナ製品、セリナ鍛冶屋なら問題ないはず。

そう考えてルクレスさんにお願いしてこの鍛冶屋を開いて既に二週間が経過していた。

毎日、街の人たちの注文に応えるのにいっぱいいっぱいで、ワーガルの人々にすら全然製品は行き渡っていない。

なかなか大変な毎日ではあるが、さっきのフランクさんみたいに製品を手にして喜んでくれる人を見ると、この仕事をして良かったと思う。

貴族学校に戻るつもりもなかったので、学生を辞めて鍛冶屋に専念したことで私の鍛冶ランクも相応のものとなっていた。

氏名：セリナ・エルス
職業：鍛冶屋（ランク18）
スキル：鍛冶　鑑定

……………いや、これは遺伝なのかな？

相応どころではない気もするが。

私が鍛冶屋を開業してすぐにお父さんが「俺だって最初はランク20までしか上がらなかったのに」と言いながら悔しそうにハンカチを噛んでいたのは記憶している。

同じ鍛冶屋としてお父さんに悔しい思いをさせることができたのはなかなか気持ちのいいものだ。

ガラガラガラ。

私が色々と思い出していると、扉を開ける音がする。

「いらっしゃいませ」

「「セリナ」」

「ミア！　イスラ！」

開いた扉の先には親友の二人が立っていた。

「二人ともどうしたの？」

「どうしたのじゃないわよ！　ミアからセリナが学校を辞めて鍛冶屋を始めたって聞いてすっ飛ん

で来たのよ！」

「ああ。叔母上から聞いたときは私もびっくりしたぞ」

「あはは。ごめんごめん。とりあえず、隣の家に移動しようか。ここは鍛冶屋のスペースしかないからさ」

　私は、ミアとイスラを家へと案内する。

　二人に会うのはいつぶりだろうか。

　元気にしていたようで良かった。

「ただいま」

「お帰り。っと、これはまた珍しいお客さんを連れてるね」

「トウキさん。先日は実家までの手配ありがとうございました」

「いやいや。お礼ならアベルとジョゼに言ってあげて。俺はなにもしてないさ」

「なんでそう言いながらちょっとドヤ顔してるのよ」

「ちょっとくらいいいだろ」

「トウキさん、その、元気そうで良かったです。王家に連なるものとしてなんと申し上げていいものかわかりませんが」

「いいのいいの。ミアちゃんがそんな風に思わなくても。それにその辺のことは君の叔母さんが十分引き受けてくれてるから。ささ、上がって上がって」

　お父さんが私たちを上げてくれる。

「ミアちゃん、イスラちゃん、いらっしゃい」

「エリカさん、ご無沙汰してます」

「おい、イスラ！　エルス伯爵に対してその呼び方は失礼だろう」

「ミアちゃん、いいのよ」

「そうそう。この冬でエリカさんと呼んでもいいって言われたんだから」

そう言いながら、イスラはミアに対してチッチッチと言わんばかりに人差し指を振って見せる。

「ぐぬぬぬ」

「ミアちゃんもそう硬くならず、エリカちゃんとでも呼んでくれていいからね。むしろミアちゃんなんて私より位高いんだし」

「いや、流石にエリカちゃんは………。エリカさんと呼ばせてもらいます」

「確かに四十歳超えて『ちゃん』はキツいよね」

「セリナ、あとでちょっと話があるから」

「えっ」

私の絶望はよそに会話は進んでいく。

「セリナが鍛冶屋を開くとなったとき、王城は大変だったのだぞ」

「そうなの？」

「ああ。ちょうど私も王城に居たんだが、叔母上が戻ってくるなり、『トウキ殿の娘セリナ殿が鍛冶屋を開くことを許可してきた。異論は認めん！』とか言って仁王立ちしてな」

「ルクレス様カッコいい」

「…………。ええと、それに対して、お祖父様と伯父上、つまり国王陛下と皇太子殿下が反対したのだが」

「したのだが」

「王城の部屋を一つ吹き飛ばして、無理やり認めさせたんだ。叔母上を怒らせると誰も止められないからな」

「やっぱりルクレス様はすごいわ」

せっかく絶望から復帰したと思ったら、またしても衝撃的な事実を知ってしまった。

この際イスラの性癖は放っておこう。

まさかルクレスさんがそこまでするとは。

てか、おもちゃ屋さんで駄々をこねる子どもとやってることは変わらないじゃない。

規模が違いすぎるけど。

「しかし、ルクレスもめちゃくちゃするな」

「ほんとあの子にはあきないわ」

「あまり叔母上で遊ばないで頂きたいのですが…………」

「「それは無理」」

「ええ…………」

「そういえば」

「なんだいイスラちゃん」

「この間トウキさんはなにをしてたんですか」

「ぐふう」

おっと、天然イスラの一撃がお父さんに突き刺さる！

「そ、そりゃ。可愛い娘の開店準備とか鍛冶のレクチャーとかだな」

「そうなんですか」

「そそ。お父さんが鍛冶に直接関わることは禁止されてるからね」

「では、今はなにをしてるんですか」

「ごはっ」

さらなる追撃がお父さんを襲う！

「ほ、ほら。家事手伝いというか」

「そうなんですか」

「イスラちゃん。それくらいにしてあげて」

「エリカさん、なにがですか」

「畜生で知られるトウキを無自覚でここまで追い詰めるとは恐ろしいわ」

そんなこんなで、旧友たちとの楽しい時間は過ぎていく。

受け継がれる奇行

ミアとイスラは春からも学校に通うそうで、それまで予定もないため、しばらくワーガルに居ることとなった。

今は、鍛冶屋を手伝ってもらっている。

雷虎を携えたミアに敵うモンスターなんてこの辺には存在しないため、材料を集めてもらっていた。

ちょっと前までは店に行けば材料があったのだが、今では冒険者が役に立たないため、品切れ状態が多く、自前で集めるほかなかった。

だが、それ以上に役に立ったのはイスラであった。

「すげえ姉ちゃんが、接客してくれる」

こんな噂があっという間に広がり、ワーガル以外からもお客さんが来るようになった。

主に男性の。

おかげで、大儲け、かつ、大忙しなのだが…………。

なんだか複雑である。

ワーガルの人なんか、「セリナちゃんも十分可愛いよ。俺はセリナちゃん派だからね」なんて励ましてくれるし。

…………ええい！　儲かればそれでよかろう！

この切り替えができるのはお母さんに感謝だ。

そんなこんなで、数日を過ごしていたある日。

ガラガラガラ。

「いらっしゃい。すいません。今日はもう閉店なんです…………ってコウキじゃない」

「よう久しぶり」

随分とくたびれた様子の弟が立っていた。

正直家族の誰もコウキが今どこにいるのか把握できていないほど激務である。

先日、リセさんのところに遊びに行ったらコウキの未受取の報酬を保管するためだけに部屋を一つ使っていると言っていたけど、いくら稼いでるのやら。

「あ、コウキ君、こんにちは」

「お、お久しぶりです」

イスラに話しかけられるや否や、背筋を伸ばすなおい。

「確か、Sランク冒険者としてあっちこっちに行ってるんだってね。すごいな」

「い、いや。そうでもないですよ」

「いやいや。私、ビスタ出身なんだけどね」

「そうでしたね」

「ビスタでもコウキ君の名前よく聞くようになったし、私のお父さんもコウキ君は将来有望だって褒めてたよ」

「ははは。ありがとうございます」

そういえば、イスラの家はビスタを治めてる関係で、お父さんがギルドの幹部役員もしているんだっけ。

「あんまり褒めると調子乗るから、それくらいにしといて。それで、今日はどうしたの？」

「あ、うん」

露骨に残念そうな声を出さないでよ。

コウキはそう言いながら背中に背負った槍を差し出してくる。

「実はさ…………」

「どうしたの？」

「流石のこいつでも、こうも長くメンテナンスもせずにドラゴンやらデーモンやら黒いオーラまとったモンスターやらばっかり相手にしてると、汚れてきてさ」

そう言われて穂先を見ると、確かに少し汚れが付いている。

それ以上に、刃こぼれをしていないことの方が驚きではあるが。

「で、これを私に磨けと」

「そそ。父さんに聞いたら姉ちゃんに頼めって言われたから」

「そこまで徹底して鍛冶から離れなくてもいいんじゃないかな」

「ともかく。頼むよ。幸い今は仕事がひと段落してて、しばらくはここにいるから」

「はあ。まあ、やれることはやってみるわ」

「サンキュー。じゃあ、俺は家で寝てるわ」

「はいはい。ご苦労様でした」

のそのそと出て行くコウキを見送る。

「相変わらず仲いいわねぇ」

「まあね」

「ふむ。コウキ君か………」

「ちょっと、弟に手を出す気?」

「冗談よ。それじゃ、私も少し遊びに行ってくるわ」

そう言って、イスラも出て行く。

はぁ。

だらだらしててもしょうがないし始めますか。

【グングニル】
攻撃力　8000　防御力　8000　光属性
重量削減（極大）　全ステータス強化（極大）　状態異常耐性（極大）　自動回復（極大）
切れ味保持（永久）　速度上昇（極大）　魔法耐性（極大）　耐久性（永久）

しかし、いつ見てもインチキじみた性能である。

いいや、まあ聖剣を作った人が作ったんだからおかしくはないのだろうけど。

「ともかくまずは磨いてみますか」

汚れを落とすべく、あれやこれやと格闘すること数時間。

日も完全に落ち、夜中になっていた。

「や、やっと落ちた…………。全く…………。なんて頑固な汚れなのよ…………」

倒してきた相手が相手だけに、汚れもまた強敵であった。

ともかく、元の輝きを取り戻した槍を掲げてみる。

「ほんと綺麗。…………どうやって作ったのかしら」

ふとそんな疑問が湧いてくる。

周りを確認する。

「気配はなしっと…………。こ、これは鍛冶屋としての知識と教養を深めるための行為だから問題ないわよね。うん。そうよ」

それからのことはよく覚えていない。

ただ、気が付くと翌朝になっており、目の前にはただの鉄くずの棒が転がっていた。


「姉ちゃん」

「ひゃい」

「どうしたの?」

「な、なんでもございません」

「えぇ………。そりゃ無理があるでしょ」

私がどうしようかと鉄くずの前であたふたしていると、コウキが訪ねてきた。

「ああ、あれか」

「ひっ」

「昨日家に戻ってないみたいだから、徹夜したんだろ。それでちょっとテンションが変なんだろ」

「そ、そう。そう。いやー。ちょっとお姉ちゃん夢中になりすぎたかな」

「父さんかよ」

「あははは」

「ともかく風呂入ったりしてきなよ」

「そ、そうするわねえ」

私はコウキの脇をすり抜けようとする。

「そういえば」

「は、はい」

「ミアさんとイスラさんが呼んでたよ」

「そ、そう。ありがと」

それだけ応えると家に帰る。

お風呂や食事を済ませると、ミアとイスラの居る宿屋へと向かう。

眠気なんか溶鉱炉に捨ててきた。

「二人共助けて！」

「わ。どうしたのよいきなり」

「確かに。こんなに取り乱すセリナも珍し」

二人の部屋を訪ねるなり、泣きつく。

「実はね…………」

私は事情を説明する。

「「はあ!?」」

「好奇心でコウキ君から預かった槍を解体して」

「しかも戻せなくなったって、どうするのよセリナ」

「だから助けてほしいのよ」

「なんでそんなことしたのよ」

「ですから、つい興味が湧いたと言いますか………」

「はぁ……」

まさか、イスラにこんな呆れたため息をされる日が来るなんて。

「一番いいのはセリナが直すことだが、直せなかったんだな」

「うん。私の実力では直せませんでした」

「ところで今セリナはランクいくつなのよ」

「ええと」

氏名：セリナ・エルス
職業：鍛冶屋（ランク27）
スキル：鍛冶　鑑定

「「「は？」」」

三人の声が揃った。

意味がわからない。

昨日まで私のランクは18だったはずだ。

一日で9も上がるなんて聞いたことがない。

一体どうなっているんだ？

「このことは一旦置いておこう。これだけの実力のあるセリナですら直せないなら、もうあの人に正直に言って助けてもらうしかないだろう」

「そ、それって」

「トウキさんだ」

「で、ですよねえ」

「まあ、やっちゃったもんは仕方ないし、私たちも付き添ってあげるから」

「うん………」

「ともかく、行きましよ」

ミアを先頭にして家へと戻ることにした。


「はははは！　そうかそうか」

全てをお父さんに話したところ、怒られるのかと思いきや、予想外の反応が返ってきた。

え、どういうこと。

「いやいや。俺もその気持ちよくわかるぞ。なに、そんなにびくびくしなくても怒ってないから」

「いや、でも」

「なに。また直せばいいんだから」

「けどねお父さん、ランク27でも直せなかったんだよ」

「ああ。あれには特殊な素材が使われていてね。ちょっとしたコツがいるんだよ。それを知らないと俺でも直せないさ。逆にそれさえわかればセリナのランクなら大丈夫さ」

「ほんとに？」

「ああ、本当さ。ってかランク27もあるのか……………。我が娘ながら恐ろしい……………」

「早く、そのコツを教えて」

「わかったわかった。ちょっと待ってて」

そう言ってお父さんは席を立つと、閉鎖された鍛冶屋に行ってしまった。

しばらく待っていると、その手には一本の巻物が握られていた。

「ここにそのコツが書かれている」

「これに？」

「ああ」

恐る恐る巻物を広げてみる。

「こ、これって！　聖剣の設計図じゃない！」

「そうそう。その中に材料の使い方とか書かれてるからそれを見て試行錯誤してごらん」

「う、うん」

まさかこんなものが我が家にあったなんて……………。

「あれ？　ねえ、セリナ、ミア」

「どうしたの？」

「ここ見て」

イスラが巻物の端っこを指差す。

「シュミット家って書いてある」

「確かホルスト殿の家名だな」

三人でお父さんの方を見る。

「そ、その。すまないがついでにそれホルストのやつに返しておいてくれない」

二十三年ぶり三回目

共和国のとある街の地下では今まさにこの世界を揺るがす存在が復活しようとしていた。

「はっ！」

フードを被った男が最後の詠唱を終え、力を籠める。

すると、描かれた魔法陣が赤黒く明滅し、その中心から少しずつ、人影のようなものが現れる。

その人影が完全に姿を現したのを確認するとフードの男は話しかける。

「魔王様、復活おめでとうございます」

「ほう。まさか人間がこの魔王を復活させるような日が来るとはな」

「いえいえ。人間との交配で大分と血は薄くなっていますが、私は魔族ですよ」

「ふむ。確かに。そなたのその魔量。人間にしては異常だ。なるほど、かつての生き残りの末裔か」

「はっ」

フードの男は魔王に跪（ひざまず）いて返事をする。

「ところで、前回わしが倒されて何年が経つ。百年か、五百年か、千年か」

「二十三年でございます」

「は？」

「ですから二十三年でございます」

「いやいやいや。え、嘘だよね？　え？　マジなの？」

「マジでございます」

「じゃあ、あのトンデモ鍛冶屋とか勇者の末裔のハチャメチャ娘やトングのおっさんとか生きてるんじゃないのか？」

「生きております」

「なんでそんな時代に復活させたんだよ！　いいか！　ある程度の魔力と儀式があれば復活はできるとしても、やられるのは普通に痛いし苦しいんだよ！　わかるか！」

「落ち着いてください」

「そうだ。いいことを思いついたぞ。やつらが全員寿命でくたばるまでわしは眠りにつくから、ときが来たら起こしてくれ。それがいい。そうしよう。では、頼んだぞ」

そう言うと、魔王は自分が寝るための結界を張る作業を始める。

「お待ちください、魔王様！」

「ええい！　うるさい」

「感じませんか？　二十三年前にはなかった人々の恨みなどの憎悪の念を」

それを聞いた魔王の動きが止まる。

「ほう。確かに。前回の復活のときは復活してすぐはまともに戦うこともできなかったが、今は結界を張ることができるレベルで力が溢れている」

「ええ。実は魔王様が復活する少し前に人間界で戦争があったのです。おかげで魔王様の復活はとても順調でした」

「ははは。人間とはなんとも愚かなものか。欲望のために戦争を始め、それが結果としてまた魔王を復活させる。それもより強力な復活を」

魔王はこれでもかと大声で笑う。

「それだけではございません」

「ほう」

「王国では、トウキ製品が禁止されておりまして、かつてと異なり弱体化しております」

「なんと！　自ら無防備となったのか！」

「もちろん正規軍はトウキ製の武器ですが、物量で攻めれば問題ありません」

「そうかそうか」

「それに前回は、聖剣が完成する前にケリをつけるべく、急いで魔王様自身が出陣してやられてしまいましたが、今回はその必要もありません」

「じっくりモンスターによって人間が弱って、魔王様の力が完全に復活してから、決着をつければよろしいかと」

「そなた、さえておるのう」

「ありがとうございます」

フードの男は深々と頭を下げる。

「して、そなた名はなんと申すのだ。すっかり聞くのを忘れておったわ」

「私は…………」

異変

『大陸各地でモンスターの狂暴化！　王国政府は対応を協議』

　ここ数日、大陸各地でモンスターの狂暴化が報告されている。内容としては単にモンスターの気性が荒くなっただけでなく、モンスターの能力上昇や集団での人里への攻撃などである。この事態に二十三年前の魔王復活を連想する人々は多く、魔王がまたしても復活したのではないかと噂になっている。王国政府は、今のところ魔王についての発表はしていないものの、モンスターの対策の協議を開始したようである。


「朝からなんとも言えない記事だな」

「まあ、また魔王が出てきたらみんなで倒しちゃえばいいでしょ」

「それもそうだな。それにこの前と違って既に聖剣はあるしな」

「そそ。じゃあ、片付けたいからちゃっちゃと食べちゃって」

「はいはい」

　鍛冶屋夫婦は世間が騒いでいようといつもの朝食風景を繰り広げていた。

というより、ワーガルだけは騒ぎとは無縁であった。

セリナが作る日用品はもはやトウキのそれと遜色なく、ワーガルの安全は完全に担保されていたからである。

トウキとしては悲しいやら嬉しいやらである。

まあ、あれだけ鍛冶屋は継がないと言っていた娘が継いでくれたこと自体は嬉しいことであるが。

コウキはコウキでご飯をかきこむと宿屋へと消えた。

「しかし、血は争えないわねえ」

「なにが」

「なにがじゃないわよ。あんたと一緒で興味本位で物を解体しちゃうんだから。まあ、聖剣じゃなくて弟の武器なだけましか」

「いやー。まさかセリナまで同じことをするとは思ってなかったけどな」

「ところで、セリナはどうなってるの？」

「ああ、日々の製作の合間を縫って試行錯誤してるみたいだぞ。今日も朝から籠もってるさ」

「教えてあげたらいいのに」

「どうしようもなくなって助けを求めてきたらね。それに、セリナの性格からして俺が全部教えてあげるのも嫌がるだろうし」

「それもそうね。さて、洗い物してくるわ」

「ああ。今日も美味しかったよ。ごちそうさま」

「ふふ」

エリカが食器類を洗い場へ持って行って少ししたときだった。

「きゃ」

エリカの声が響く。

「どうした」

「ゆ、指輪が…………」

「指輪が」

「指輪が壊れたのよぉぉぉ！」

「なんですとぉぉぉ！」


「はぁ。全くあのバカ夫婦はなにを朝から騒いでるのやら」

鍛冶屋で忙しくしていると、突然家の方から両親の叫び声が聞こえてきた。

大したことはないだろうが、念のため確認しに行くことにした。

「お父さん、お母さん。一体どうし…………どうしたの!?」

家に帰ると、泣いているお母さんをお父さんが抱きかかえていた。

「セリナぁ…………、聞いてよぉ…………」

「ど、どうしたのお母さん」

「トウキが、トウキが作ってくれた指輪が」

「指輪が」

「指輪が壊れちゃったのよ」

「嘘でしょ」

「ほんとなんだよ………」

そう言ってお父さんがこっちに掌（てのひら）を向けてくる。

その上にはキラキラと光る綺麗な破片が数個置いてあった。

「うわぁ。ほんとだ………。けど、なんで」

「知らないわよ！　洗い物してたら急にビリッて来て気が付いたら壊れたのよ」

「そんな………」

お父さんの作ったものが壊れたなんてほとんど聞いたことがない。

それもお母さんに贈った指輪である。

それはそれは丹精込めて作った逸品のはずだ。

一番壊れる可能性がない。

「できれば直してやりたいんだが………」

「あ、お父さんは鍛冶禁止されてるもんねえ」

「いや、そんなことはどうでもいいんだ。問題は材料がないんだよ」

「そうなの？」

「正確には王国政府に備蓄はあるだろうけど、俺に分けてくれるわけないだろうし」

「え、あの指輪なにでできてるのよ」

「ん？　まあ、端的に言えば聖剣と同じかなぁ…………」

「はいい!?」

　頭がくらくらしてきた。

　まさか、うちの親の結婚指輪って聖剣と同じ材料でできてたのか。

「ぐすん。もういいわ。壊れたものは仕方ないし。別にこれで家族が居なくなるわけじゃないし」

「エリカ………」

「お母さん………」

　しばらく、泣いたあと、お母さんは落ち着きを取り戻した。

「それよりも、壊れる前のビリッて感覚はなんだったのかしら」

「うむ。魔王の復活となにか関係があるのかもしれないな」

「え、はい？　魔王復活？　お父さんなに言ってるの？」

「ああ。巷(ちまた)では噂とされてるけどな、ある程度の人間からしたらこりゃ完全に復活したなってわかるぞ」

「すごい」

「………ごめんなさい。嘘つきました。さっきルクレスから手紙があってそれで知りました」

「なぜ嘘ついたし」

「いや、ちょっとカッコ付けたくて」

「はあ。お母さんもなにか言ってよ。ってお母さん」

お母さんがなにやら静かだ。

「魔王め。覚えてやがれ。指輪の仕返しは必ずしてやるからな」

あ、これは関わらない方がいいやつだ。

そっとしとこ。

「じゃあ、私は工房に戻るから」

「はいよ」


「なんだか最近、ミアさんの髪ボサボサですねえ」

「コウキ君、女の子相手にもうちょっと言い方があるような」

「ああ！　すいません。自分の周りにそんなことを気にするような若い女性が居なかったものですから」

その言葉に、リセとジョゼが反応してコウキを睨みつけるが、コウキは気にしない。

「ははは。全く流石はセリナの弟君だ。そうなんだ。なんだか最近髪の毛が逆立ってしまってな。それになんだかこうピリピリした感覚があるんだ」

「そうなんですか」

「今までもこんなことあったの？」

「ないさ。だから不思議なんだ」

「へえ。案外魔王が復活したとかいう噂と関係あったりするかもしれないですねえ」

「…………うむ。確かに。関係があるかもしれないな。叔母上に確認してみないといけないな。コウキ君、イスラ、少し失礼するぞ」

そう言うとミアは駆け出して行った。

「「は、速い」」


「よし！　いったん休憩！」

ワーガル騎士団長カデンの声が訓練所に響き渡る。

ここのところ出現するモンスターの質が上がっている。

セリナのおかげで装備はまともになったものの、どんな強敵がいつ現れるともしれない。

訓練は厳しさを増していた。

「だ、団長………。キツ過ぎますって………」

「モンスターはお前の体力なんて考えてはくれないんだぞ」

「そうですけど」

すると、文句を言っていた団員の真横にズドーンと鉄の板が食い込む。

「ひっ」

「…………すまん」

鉄板の主であるフランはそれだけ言うと、ランニングに戻っていった。

「副団長すげえ」

「いや、俺殺されるところだったんだけど」

「よく言うぜ。見てみろよ副団長がまな板を置いたところ」

「うん」

そこには小型のネズミのようなモンスターが死んでいた。

「うわ、なんだこいつ！　全然気が付かなかったぞ………」

「俺も初めて見るタイプのモンスターだ」

「こりゃ団長の言う通りモンスターの方は俺たちのことを全く考えてくれてないな」

「ああ。行くか」

「団長！　訓練再開しましょう」

「なんだお前ら、急にやる気出して。まあいい。全員フランに続け！」

ワーガル騎士団は今日もアツい。

いい迷惑

大陸中で異変が観測されてから、二カ月月が経過した。

先の戦いで国力をさらにすり減らした帝国ではモンスターの侵攻に耐え切れなくなっており、帝都が遷都する事態に陥っていた。

共和国はというと、なんとかモンスターの襲撃に耐えていたところ、遂に数日前に魔王自身が現れ、攻撃を開始した。

これにより、共和国は大混乱に陥り、王国との国境沿いには人々が殺到する事態となっていた。

この魔王の出現によって、魔王の復活が全世界に知れ渡ることとなった。


「国境沿いの街は大変そうだな」

「けど、共和国も勝手よ。ルクレスさんを派遣しようとしたら、内政干渉だとか言ってたのに、今では政府を避難させてほしいとか言ってるんだから」

「正直、早いとこルクレスさんを突っ込ませて魔王を狩ってしまえば早いのにな」

「その魔王が王国には一切近づこうとしないんだから仕方ないわよねぇ」

「だよな」

Ｓランク冒険者夫婦はギルドの酒場でお酒を飲みながら愚痴を漏らす。

かく言う彼らも共和国入りを拒否された一員である。

人道支援目的でもなぜか拒否されたのである。

おそらく、今回の魔王騒動を独力で切り抜けのちの世で王国に後れを取りたくないという国家の考えがあるのだろう。

「私たちもご一緒していいかしら」

「もちろんですよ。リセさん、フランクさん」

「すまんな」

さらにギルド長夫婦が参加する。

「ギルド長、どうでした」

「ああ、帝国方面は冒険者の派遣だけ始まったそうだ。王国軍の兵士を何人か冒険者の身分で送り込むことになる」

「そうっすか。ひとまずいいニュースっすねえ」

「そうね。けど、アベル君もジョゼちゃんももう少し休まないと倒れちゃうわよ」

「いえいえ。あんなガキどもでも頑張ってるんですから、俺たち大人がへばるわけにはいかないでしょ」

「そうだね。私も頑張らないと」

四人の大人が視線を向けた先には、疲れて寝ている黒髪の男の子と茶髪の女の子が居た。

「確かにな。全く、この家系にはいつも助けられるな」

「うふふ。そうですねえ」

ワーガルの夜は更けていく。


大人たちの静かな宴会が開かれる二日前。

「な、なんなのこの大量の注文は」

私は驚きの声を上げた。

なにせ、朝鍛冶屋にやってくると店の前に大量の箱が置いてあり、その中には大量の注文書が入っていたのだ。

「姉ちゃんどうしたんだよ」

「コウキ、これ見て」

「なに…………、ってこれはすげぇな。まあ、魔王が復活してあんだけ暴れてりゃ、強い武器も欲しくなるだろうな」

「いつの間にうちの評判が知れ渡ったのよ」

「あー。多分ミアさんじゃないかな」

「ミア」

「昨日の新聞読んでないの？」

「最近は新聞読む暇なんてないわよ。てかなんならあんたの槍を直す暇もないわよ」

「おい、まじかよ。頼むぞ。まあいいや。とりあえず、鍛冶屋を開けててよ。新聞を持ってくるから」

コウキが新聞を取りに行く間に鍛冶屋を開けて注文書をとりあえず家の中に入れる。

ミアのやつ。

この前突然王都に戻ったと思ったら、なにをやらかしたんだ。

「よいっしょ。ふう。これで全部か」

「姉ちゃん。ほい、新聞」

「ありがと」

早速新聞を広げる。


『王国政府、魔王撃退に自信満々』

遂に復活し、世界中に災厄をもたらしている魔王について、王国政府は撃退に自信を示した。それもそのはずで、二十三年前に魔王を撃退したメンバーは健在である。王国政府としては今すぐにでも魔王討伐に乗り出したいところであるが、共和国政府が応じず、なかなか上手くいってはいない。だが、悲しいニュースだけではない。ルクレス姫の姪でトレビノ公爵家の長女ミア様が正式に英雄の後継者となることが発表された。腰にはかつてルクレス姫が差していた雷虎とものさしが差されていた。そのものさしはなにかという記者の問いに対して、ミア様は『これはワーガルに居る我が友セリナの作品である。セリナの作品はおそらく父上であるトウキ製品に迫る作品である』と答えてくれた。


「あー。なるほど」

「な。このご時世、父さんに迫る作品ならそりゃ欲しがるさ。しかもほぼ王家御用達みたいなもんだしな」

「ミアめ。覚悟しとけよ」

「しかしどうするかね。この注文書」

「うーん。仕方ない。とりあえず一家庭一つなにか作ることにしましょ」

「どうせ槍ができるまで俺もやることないから手伝うぜ」

「んじゃ、注文書の仕分けとか素材・完成品の運搬とかお願いしていい？」

「はいよ」

こうしてエルス家姉弟の仕事が始まったのであった。


「で、やっとひと段落して打ち上げしてたらそのまま寝ちゃったわけか」

「ふふふ。おかげで王国の多くの人が魔王におびえなくて済んだみたいねえ」

「アトルもこれくらいの男になってくれたらな」

「アベル君の子どもなんだから大丈夫だよ」

「あらあら、若いっていいわねえ」

「そうだな」

ギルド長夫婦にからかわれて、顔を真っ赤にするSランク冒険者夫婦であった。

「ちょっと、私どのタイミングで出ればいいのよ…………」

「いや、それは俺もですよ」

たまたま目が覚めたイスラとアトルは完全に出るタイミングを失い、トボトボと自室へと戻るのだった。

魔王（完全体）

ミアがワーガルに戻ってきたのはちょうど私が槍の材料の使い方のコツをホルスト先生の巻物から読み取った頃だった。

戻ってきてからは今まで以上に材料を取りに行ってもらっている。

「セリナ、持ってきたぞ」

「おー。ありがとう。じゃあ次は…………」

「す、少し休みを…………」

「冗談よ」

「はい。ジョゼさんのところで買ってきたお茶」

「イスラも居たのか。ありがと」

「ぷはあ」という声を上げてお茶を飲む。

将来英雄になる王家の人間ならもっと気品を持つべきではと思ったが、そういえば今の英雄もこんなもんかと思い注意するのはやめた。

「けど、こうして三人で集まるのも久しぶりな気がするわね」

「確かにな。学校に居た頃は常に三人で居たからな」

「そうだねぇ。てか私と違って二人は色々と用事がありすぎなんだよ」

「「あははあ」」

「で、コウキ君の槍はどうなの？　直りそう？」

「うん。多分ね。今から作業を始めるつもり」

「そうか。では私たちは邪魔をしない方がいいな」

「そうね。じゃあ、私とミアは宿屋に居るから、なにかあったら声かけてね」

「うん。わかったわ」

二人を見送ると、作業に取り掛かる。

さてさて。

緊張するけど、頑張るか。

幸い、元々槍だったものも手元にあるし。

最初から作るのと違って私でもなんとかなるだろう。

そう思って作業を始めて数時間がした頃。

「大変よセリナ！」

突然大声で呼ばれる。

「ど、どうしたの？」

声の方を見るとイスラが肩で息をしながら、立っていた。

「魔王が！　魔王がついに王国に攻めてきたのよ！」

「なんですって!?」

「フハハハハハ！　ハハハハハハ！　グハハハハハ！　弱い！　弱すぎるわ！」

魔王はフードの男を従えて、王国を王都ではなくワーガルに向けて突き進んでいた。

狙いは単純である。

聖剣を作れるような鍛冶屋をとっとと始末すればあとは、こちらのものである。

「二十三年前よりも一般兵卒の力は上のようですが、魔王様の敵ではありません」

「本来のわしはこうなのだ！　二十三年前がおかしかったのだ！」

「では、このまま突き進んでいきましょう」

「当然だ。あの鍛冶屋だけは必ず私の手で始末せねばならない。私に屈辱を与えたあの鍛冶屋だけは」

ワーガルでは二十三年前と同じように迎撃態勢が整えられていた。

そのための会議の議長はエリカである。

「魔王がワーガルに向かっているわ。街のみんなは家から絶対出ないように。騎士団のみんなは街の見回りをお願いします」

「「「了解！」」」

「私も見回りとか、治療とか、補給とかのお手伝いはできます」

「じゃあ、イスラちゃんにはそれをお願いするわねえ」

「はい！」

「次に、ギルドには魔王迎撃のためにアベル君とジョゼさんの出動を要請します」

「エリカ！　俺もまだ戦えるぞ」

「フランクさんは前線ではなく、街の最後の守りをお願いします」

「しかし」

「あなた。エリカちゃんに従いましょう。なにより、仮にアベル君たちがやられてしまってもルクレスちゃんが到着するまでの時間を稼ぐ人がいないと」

「ぐ、了解した」

「ミアちゃん。その言いにくいのだけど………」

「ええ。私も戦います。これでも王家の端くれ。戦う力がある以上、戦います」

「ありがとう。それとコウキ！」

「わかってるよ。適当になんか武器を見繕って、戦うよ」

「そう。わかってくれてありがとう。今現在王都に早馬を出しています。耐えれば必ずルクレスが来てくれます。信じて待ちましょう」

「「「「はい」」」」

「では、解散」

こうして、ワーガル防衛戦が開戦しようとしていた。


街の中でも戦っている人物が一人居た。

やばいやばいやばいやばい！

急いで槍を仕上げないと！

コウキが死んじゃう！

今から数分前、コウキが鍛冶屋に来たかと思ったら、近場にあったバケツを持って魔王に戦いを挑みに行ってしまった。

あのバケツはここ最近では一番の傑作ではあるけど、魔王に敵うわけないよ！

だって、聖剣と同じ素材のお母さんの指輪が壊れるくらいの瘴気(しょうき)をまとってる相手なんて、聞いたことない！

ともかく早く槍を作り上げないと！


「む」

「どうしました、魔王様？」

「感じたことのある気を感じた。いや、かつてより鋭さを増している。フフ、楽しめそうだ。行くぞ」

「はっ」

魔王とフードの男が数分空を飛んでいると遂にワーガル近郊にたどり着く。

「おう。二十三年前と同じで悪趣味な格好してるな」

「ちょっと、アベル君。いくら魔王相手でも失礼だよ」

「いや、相手は魔王なんだ。これくらいでいいのではないか」

「お、ミアちゃん。わかってるねえ」

「おい！　魔王たるわしを差し置いて盛り上がるんじゃない！」

アベル、ジョゼ、ミア、コウキの前に魔王とフードの男が降り立つ。

「しかし、アーネストとムナカタ以外には魔族の生き残りは居ねぇと思ってたのに、まだ居たのか」

「ああ、いや。それについてはわしも復活するまで知らなかったのだ」

「あ、そうなんだ」

「いや、なにちょっと魔王と仲良く会話してるんですか」

「ごめん、ごめん」

「フードを取る気はないのか」

ミアが雷虎でフードの男を差す。

「申し訳ございません。取る気はありません」

「ほー。なら、剝ぎ取ればいいわけだな」

「ふふふ。アベルさんは聞きしに勝る過激さですね。ではそろそろ始めましょうか。あんまり時間を取られて英雄に来られても困りますし」

「そうだな。それでは、行くぞ。魔王の本気、受けてみるがいい」


「アベルさんたちが魔王と戦闘状態に入ったぞ」

斥候の騎士団員からの知らせがワーガルにもたらされる。

だが、街の人々に動揺はない。

なにせ、二十三年前も返り討ちにしているのである。

ビビる要素がなかった。

「さてさて。アベル、ジョゼ、ミアちゃん、コウキ、頼むぞ」

そう言いながら、俺はセリナの鍛冶屋へと足を運ぶ。

「セリナ、どうだ」

「お、おどうざん」

セリナが泣きながら俺にしがみつく。

「おいおい！　どうしたんだ!?」

「できないの！　槍ができないのよ！　このままじゃコウキが死んじゃう」

「あー、よしよし」

セリナはセリナでプレッシャーの中で戦ってたんだな。

「大丈夫、大丈夫。アベルとジョゼが居るんだから。それに、ルクレスがもうすぐ来るさ」

「けど、けど」

「落ち着いて、落ち着いて。まあ、こんな感じになってるんじゃないかと思って、お父さんも手伝いに来たんだよ」

「え」

「実はな、二十三年前もお父さんはギリギリまで聖剣を作っていてな。前線ではエリカが戦っていた。ちょうど今のセリナと一緒さ」

「そ、そうだったんだ」

「けど、なんてことはない。お父さんが聖剣を完成させていざ届けに行ったら、魔王はすでにフランクさんたちに拘束されてたんだ」

「なにそれ」

「つまり、聖剣なんてなくてもなんとかなったんだ。だから、きっと今回もそんなもんさ。ともかく今は全力で槍を作ることだけ考えよう」

「うん………」

「さて、今はどこまでできてるんだ」

「えっと、今はここまでできてて」

「おう、なかなかできてるじゃないか」

「けど、ここがちょっと難しくて」

「なるほど。そこはお父さんも手こずったんだよな」

こうして、父娘の共同戦線が始まった。


「おいおいおい。こいつ、二十三年前より強いじゃねぇか」

「アベルさん、しっかり決めてくださいよ。俺今バケツなんですから」

「うるせい。わかってるわ」

「フハハハハハ。そうではない。二十三年前が弱すぎたのだ」

アベルとコウキが魔王の相手をしている。

が、魔王に有効打を与えることができていなかった。

「それに、こっちのフードの男もなかなかやるねえ」

「いえいえ。流石『紫電』のジョゼさんですね。油断するとひと突きされそうです」

「それはどうも。ミアちゃん、大丈夫？」

「え、ええ」

フードの男にはジョゼとミアが対応している。

「どうしたの？」

「いや。フードの男よ」

「なんでしょうか」

「一つ尋ねたいことがある」

「ほう」

「そなたの魔法、以前見たことがある。まさかそなたは」

「おやおや。流石ミアちゃん。バレちゃったか」

そう言うと、フードを取る。

「やはりそうでしたか。コート先輩」

「ミアちゃん、知り合い？」

「ええ。貴族学校の先輩です」

「ええっ」

フードの男は紛れもなく貴族学校で融和派を束ねていたコートであった。

「おい。お前の姉貴の学校どうなってんだよ。帝国に侵攻するやつが居たり、魔王の部下が居たり」

「まあ、ともかくこっちはこっちの仕事をするか」

「いや、俺に聞かれてもわからないですよ」

「了解です」

魔王と男性陣の戦いが再開される。

魔王が魔法を打てば、コウキがバケツを振り回して打ち返したり、アベルが切り込めば魔王が結界を張って防いだり、相変わらず決め手に欠いた戦いを繰り広げていた。

「ええと、ミアちゃん。あのコートって人、斬ってもいいのかな」

「ええ。魔王の手下である以上斬ってもいいでしょ」

「けど、セリナちゃんとかどうなのかな」

「セリナもうっとうしがってたので、むしろ喜ばれるかと思います」

「ミアちゃんもセリナちゃんに負けず劣らず厳しいなあ。そうか。僕はセリナちゃんにうっとうしいと思われてたのか」

「ええ。それもかなり」

「そうかぁ。まあ、今後そのへんは改善していけばいいかな」

「今後？」

「ああ。魔王様に頼んで、人間でもセリナちゃんだけは生かしてもいいって許可をもらったからね。時間ならたっぷりあるさ」

「ミアちゃん。こいつ斬っていいやつだね。女の敵だよ」

「じゃあ、斬りましょ」

それを合図に、ミアは雷虎を振りぬく。

コートはロイスとの決闘と同様に壁を展開して雷虎の一撃を防ぐ。

「ふふふ。私のレイピアにはその壁は通じないよ！」

ジョゼがレイピアを素早く突き出しながら、得意気に言う。

コートは身をよじって突きをかわすと、後ろに大きく飛ぶ。

「ふう。厄介なコンビですね」

こちらも一進一退の攻防を繰り広げていた。

やっぱりこういう最後になる

「はあ、はあ、はあ」

青い髪をなびかせ、腰に携えた光輝く剣がまるで一筋の閃光のように見える速さで、ルクレス・オークレアはワーガルへと向かっていた。

万が一のために王都を防衛するようにと厳命する国王に右ストレートを食らわせて、近衛兵をなぎ倒して来たため、少し時間がかかっていた。

ワーガルには友が居る。

彼らを見捨てることなどルクレスにはできなかった。

第一、ワーガルで魔王を迎撃することが戦力面でも一番確実であった。

そのため、ルクレスは人生で一番の速度で走っていた。

なによりも、早馬でもたらされた一枚の紙のためにも。

「で、できた！　ついにできた」

「おお！　さすがセリナだ」

「お父さん、ありがと」

「ははは。そんなことより、早くその槍を届けてやらないと」

「そ、そうだった。急がないと」

白銀の槍を片手に、セリナ・エルスは駆け出す。

弟や仲間が戦う戦場へと。

【グングニル】
攻撃力　８０００　防御力　８０００　光属性
重量削減（極大）　全ステータス強化（極大）　状態異常耐性（極大）　自動回復（極大）
切れ味保持（永久）　速度上昇（極大）　魔法耐性（極大）　耐久性（永久）

「ガハハハ！　どうした人間よ、もう終わりか」

魔王の前ではアベルとコウキが肩で息をしていた。

決め手に欠く攻防を続けていると、当然体力が失われていく。

それが強者相手ならなおさらである。

すでに二人の体力は限界に来ていた。

だが、魔王は顔色一つ変えない。

……………いや、顔色は元々悪いのだが。

「ジョゼさんも、ミアちゃんもやりますね。僕がここまで手を焼いたのは初めてですよ」

「そりゃ、どうも」

「はあ、はあ。コート先輩は相変わらず涼しそうな顔ですね」

「まあ、一応魔族だからね。ただの人間よりは基礎的な力はあるからね」

「くっ、叔母上はまだなのか………」

コートは巧みに二人の攻撃を受け流していた。

かつて、貴族学校で女性の人気を集めていた麗しい顔に一つの汗もかいていない。

こちらもそろそろ終わりが見えていた。


「はあ、はあ、はあ」

急がなきゃ。

せっかく完成したんだから、この槍で魔王を倒してもらわないと。

その思いで戦場まで走る。

周りを騎士団のみんなに守ってもらいながら。

そんなとき、横を一筋の光が通り過ぎて行った。

「え、今のなに」

そう思っていると、光が戻ってきた。

「セ、セリナ殿！」

「ルクレスさん！　来てくれたんですね！」

「当たり前だ！　なにせこれを使われたからな！」

そう言うと、ルクレスさんは一枚の紙を私に見せる。

「それは、私が出した英雄呼び出し券！」

「ああ。これを使われた以上、来ないわけにはいかぬ。父上を殴ってでも来たぞ」

ルクレスさんは胸を張る。

「なんていうか、ルクレスさんって、最高ですね！」

「お、そうだろう。そうだろう」

「では、行きましょうか」

「うむ！　騎士団の皆はここで戻るといい。セリナ殿は私が責任を持って連れて行く」

「わかりました。ご武運を」

私はルクレスさんと共に、駆け出した。

ルクレスさんに背中を押してもらいながら、足がちぎれるかと思うようなスピードで駆け出した。

そして、遂に戦場へとたどり着いた。

「あ、あれが魔王ですね！」

「ああ、そうだ。アベル殿たちが劣勢みたいだな。私は加勢するから、セリナ殿はコウキ殿に槍を渡してやるんだ、いいな」

「って、ちょ、ちょっと待ってください！　きゅ、急に背中から手を離さないでください！　バ、バランスが！」

支えてくれていたルクレスさんの腕が背中からなくなったことで、バランスを崩した私はそのまま、前のめりに転倒する。

そして、そのとき握りしめていた槍を投げてしまった。

ズゴーーーーーンンンン！

物凄い轟音を立てて槍が空気を引き裂きながら飛んでいく。

それはまるで槍投げの選手が投擲(とうてき)したかのように綺麗な回転で、魔王目掛けて飛んでいく。

「ぐはっ！」

「アベルさん」

「だ、大丈夫だ。これくらい」

遂に魔王の攻撃が当たり始めていた。

「いつまで耐えられるかな」

「ああ、そうだな。けど、もう耐える必要もなさそうだ」

「なに？」

咄嗟(とっさ)に轟音のする方に魔王が振り返る。

が、その行為が命取りであった。

ブスッ！

綺麗に魔王の眉間に槍が突き刺さる。

それもただの槍ではない。

白銀に輝く聖槍である。

みるみるうちに魔王の体は燃えていき、そして消えた。

「え、は？　え？　なにが起こったんだ？」

「隙あり」

「ぐへっ」

混乱するコートに対して、ルクレスが聖剣をひと振り。

真っ二つにしてしまう。

二十三年前と同様、なんともあっけない最後であった。


「おい、姉ちゃん。大丈夫か」

コウキが倒れた私を起こしてくれる。

「う、うーん。コウキありがとう。って、魔王は？　槍は？　どうなったの…………って、うぎゃぁぁぁぁ！　な、なんでコート先輩が真っ二つになってるの！　あぁ…………」

「おい！　姉ちゃん！　しっかりしろって」

「ああ、ごめん。気を失いかけてた」

「魔王なら姉ちゃんが投げた槍で死んだよ」

「ええ…………」

「あと、コート先輩は魔族の生き残りで魔王を復活させた張本人だそうだ」

「あ、ミア。無事だったのね。ちょっと待って。衝撃の事実が多すぎて頭が付いていってない」

「その…………、セリナ殿」

「ルクレスさんまでなんですか」

「衝撃の事実を増やすようで申し訳ないのだが、ステータス画面を見てみるといい」

「え、いいですけど」

氏名：セリナ・エルス
職業：英雄（ランク24）
スキル：魔法　自動回復　遠近攻撃　高速移動　精神耐性　鍛冶　鑑定

「もう、どうにでもして」

「おい姉ちゃん」

そこで私の記憶は一旦終わっている。

セリナの人生はこれからだ！

魔王が討伐されてから、一週間が経った。

魔王討伐からしばらくは、毎日のように新聞記者がワーガルに押し寄せてきてうっとうしい限りだったけど、今では落ち着いている。

魔王討伐後の家宅捜索で、コート先輩の一族はかつて勇者側に聖剣の作り方をもたらした魔王側の裏切り者の一族だったそうだ。

その功から王国で貴族となり、今まで生き延びてきたそうだ。

コート先輩の部屋からは、儀式のために共和国の土地を買ったことや、王国と帝国を一つにして危機感を持った共和国に戦争をさせる計画など、山のようにヤバい書面が押収されたらしい。

やっぱり、融和派って胡散臭いっていう直感は当たっていた。

形はどうあれ、私は魔王に止めを刺したことで、職業が英雄となってしまった。

もちろん、「王国の」次期英雄の座をミアから奪う気なんてサラサラないし、英雄稼業をするつもりもない。

ルクレスさんは、流石に国王陛下を殴ったのがまずかったのか、謹慎処分を食らって、王城で毎日、フリフリの付いたザ・姫様みたいな格好をして、日々お見合いをさせられているらしい。

助けてあげたいのは山々だけど、国王陛下に逆らうわけにもいかないから、謹慎処分が解けたら遊びに行こうと思う。

イスラはあのあと、実家へと戻っていった。

春からの新学期に備えての準備もあるとのこと。

学校に戻らないかと言われたが、せっかくみんなの協力で始めた鍛冶屋を閉じるわけにもいかないので、それは断った。

……………ルクレスさんの頼みの中に、次の学生長はイスラにするようにお願いしていたことを伝えるのをすっかり忘れてしまったが、イスラならなんとかなるだろう。

うん、きっと大丈夫だろう。

ミアも学校に戻るのだが、コート先輩に敵わなかったことが相当悔しかったらしく、三年生以降の専門科目では魔法を極めると燃えていた。

元々抜群の素質を持っているミアのことだ、新しい魔法とかも思いつくかもしれない。

アベルさんは相変わらずコウキを連れまわしている。

ただ最近は、徐々にコウキの方がメインになっているらしく、アベルさんが焦りを感じているとジョゼ姉から聞いた。

そりゃまあ、この度、聖剣を作った家柄に、魔王を討伐した家柄までエルス家には追加されたのだから、コウキがもてはやされるのは仕方ないと思う。

そして、私は相変わらず、忙しく日用品を作っている。
というか、魔王をうっかり討伐しちゃったもんだから、さらに忙しくなってしまった。
まだまだ王国中に普及してはいないけど、かつてのトウキ製品の地位は得てやる。
そう思いながら、日々を送っている。
ガラガラガラ
「いらっしゃいませ！　セリナ鍛冶屋です！」

あとがき

改めまして本作を手に取って読んで頂きありがとうございます。

本作は皆様が前作を手に取って頂きましたおかげで刊行することができました。

そのため、前作以上に皆様のおかげで出版できたのだという思いを強く感じております。

そういう意味でも大変有難く、また作品を支持して頂いた喜びを噛みしめております。


本作は小説家になろう様において前作の連載を終了したときに、「トウキとエリカの子供の話を見たい」という声や「続編が読みたい」という声を頂きました。

私自身もあのハチャメチャ夫婦の子供はどんな話になるのだろうと思いましたので執筆を始めたという経緯がございます。

そのため、この作品は先述の刊行のみならず、誕生そのものも私の作品を支持してくださった方々のおかげによるものです。

その皆様のもとに作品としてお送りできることを幸せに思います。

本作では、私がそういう要素が好きというのもあるのですが、前作の登場人物を積極的に登場させて、前作を読んでいるとクスッとできる内容を入れたり、前作の登場人物の後日談的な内容を入れたりしています。

そういう面も含めて、前作でも書かせて頂きましたが本作が少しでも皆様に楽しみを提供できればと考えています。

また、前作に引き続き本作においても素晴らしい表紙、挿絵を描いて下さったシソ様には大変感謝しております。

本当にありがとうございました。

最後に、本作の出版にご尽力頂きましたアース・スターノベルの古里学様、元アース・スターノベルの溝井裕美様にお礼申し上げます。

ミア
セリナ
イスラ
100
50

※QRコードは掲載サイト「小説家になろう」の作品ページへリンクされています

新作のご案内

脇役艦長の異世界航海記（著：漂月　イラスト：えっか）

「人生の主役は自分」とはいうけど、自分が主役だとは思えない。
そんな脇役の我々の期待を背負って、一人の脇役が船出する！　脇役をなめるな、おいしいとこ全部持っていけ！

異世界に迷い込み、無敵の飛空艦シューティングスター号を手に入れたお人好しのサラリーマン。艦長として無敵の力を手に入れたのに、やることは誰かの人助けばかり。そんな艦長を慕う仲間は、ポンコツ人工知能と天才少女、あと渋いペンギン。

「頼れる戦友」「大逆転の救世主」「恐るべき強敵」……様々な英雄譚に現れ、名脇役として大活躍する艦長。

英雄たちが憧れる英雄、「エンヴィランの海賊騎士」が主役になる日は来るのだろうか？

借金少年の成り上がり～『万能通貨』スキルでどんなものでも楽々ゲット～（著：猫丸　イラスト：狐印）

両親と何不自由なく幸せに暮らしていた少年、ベルハルト。しかしある日、両親が忽然と姿を消した。理由も分からず、糊口をしのぐために薬草を売り貧しい生活を続ける少年は1年後、両親の消えた理由を知らされた。

「ベルハルトさんには負債があります」

返済に窮したベルハルトは、宝が眠っていると噂の山へ入り、凶悪な魔物に襲撃されて死の淵を彷徨うことに……しかし、死を覚悟した少年の運命を変えたのは、突然入手したチートスキルだった。

お金さえあれば何でもできる『万能通貨』で、少年は借金生活を乗り越えていく！　ケモミミ美少女と共に歩む返済×冒険×ラブコメ乞うご期待……です。本作は自分が初めて投稿した作品かつ、初めての書籍化作品です。

この作品はファンタジー小説が好きで憧れていた自分が、「ネトゲの課金要素と異世界を組み合わせたら面白いのでは？」という構想を抱いたことから生まれました。貧しい主人公がお金でなんでもできるスキルを手に入れたら一体どうなるのか。ぜひ手に取ってください。

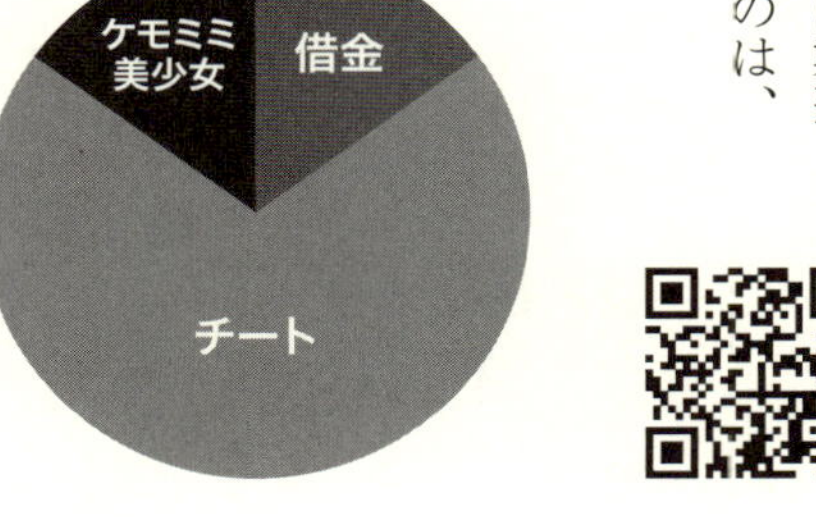

流星の山田君　ーPRINCE OF SHOOTING STARー（著：神埼黒音　イラスト：姐川）

若返った昭和のオッサン、異世界に王子となって降臨――！　不治の病に冒された山田一郎は、友人の力を借りてコールドスリープ治療を受けることに。

一郎が寝ている間に地球は発達したＡＩが戦争を開始し、壊滅状態に。

たゆたう夢の中で、一郎は願う。来世では健康になりたい、イケメンになりたい、石油王の家に生まれたい、空を飛びたい！　寝言は寝てから言え、としか言いようがない厚かましい事を願いまくる一郎であったが、彼が異世界で目を覚ました時、その願いは全て現実のものとなっていた。

一郎は神をも欺く美貌と、天地を覆す武力を備えた完全無比な王子として目覚めてしまう。

意図せずに飛び出す厨二台詞！　圧巻の魔法！　次々と惚れていくヒロイン！　本作は外面だけは完璧な男が、内側では羞恥で七転八倒しているギャップを楽しむコメディ作品です。ＷＥＢ版とは違い、１から描き直した完全な新作となっております。

平凡な日本人である一郎が、異世界を必死に駆け抜けていく姿を楽しんで頂ければ幸いです！

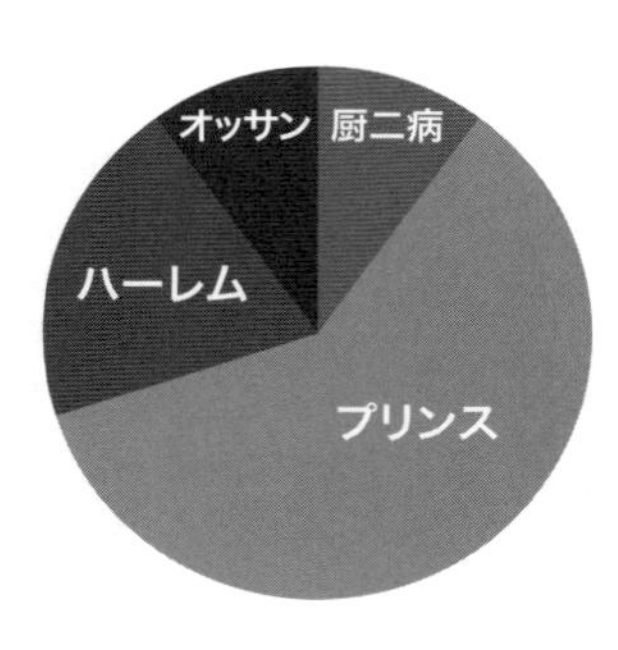

竜姫と怠惰な滅竜騎士　～幼馴染達が優秀なので面倒な件～（著：rabbit　イラスト：とぴあ）

竜と呼ばれる怪物が跋扈する世界。

いつも寝てばかりの怠惰な少年レグルスは、辺境の地で三人の幼馴染に囲まれてのどかな日々を過ごしていた。そんなある日、幼馴染たちは滅竜士として優秀な事が分かってしまい村を出て王都の学園へと入学することになる。

彼女たちはわざと試験に落ちたレグルスもあの手この手を使い一緒に王都に連れていくのだが、そこで彼らに降りかかってくる数多くの災難…。『竜』や『裏組織』といった強敵たちとの戦い。そして、レグルスが抱えていたとんでもない秘密。

優秀な幼馴染たちに囲まれ、日々『面倒だ……』と言いながらも皆を守るため影で活躍する。そんな怠惰系主人公とヒロインたちが面倒な件についてのお話。

「レグルス！」「お兄ちゃん！」「レグルスさん」

「…はぁ、面倒だ」

彼女たちのおかげで、今日も彼はサボれそうにない。

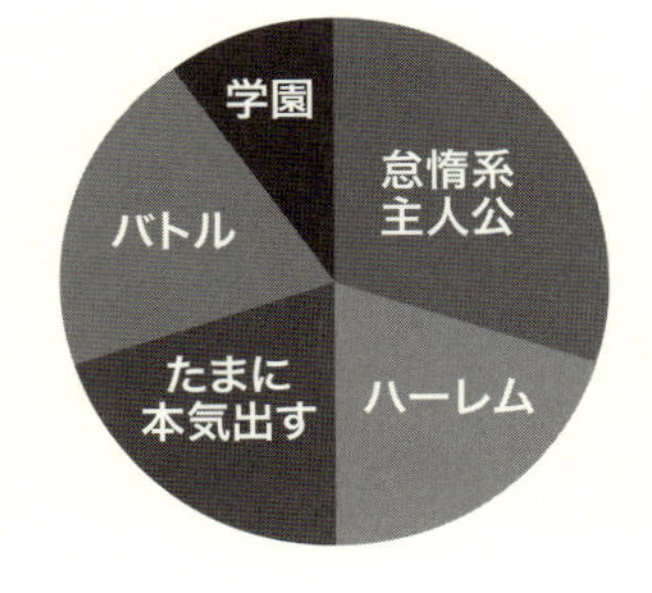

最強パーティーの雑用係～おっさんは、無理やり休暇を取らされたようです～（著：peco）

「クトー。お前、休暇取れ」「別にいらんが」

クトーは、世界最強と名高い冒険者パーティーの雑用係だ。しかもこのインテリメガネの無表情男は、働き過ぎだと文句を言われるほどの仕事人間である。

当然のように要請を断ると、今度は国王まで巻き込んだ休暇依頼、という強硬手段を打たれた。

「あの野郎……」

結局休暇を取らされたクトーは、温泉休暇に向かう途中で一人の少女と出会う。

最弱の魔物を最強呼ばわりする、無駄に自信過剰な少女、レヴィ。

「あなた、なんか弱そうね」

彼女は、目の前にいる可愛いものを眺めるのが好きな変な奴が、自分が憧れる勇者パーティーの一員であることを知らない。

一部で『実は裏ボス』『最強と並ぶ無敵』などと呼ばれる存在。

そんなクトーは、彼女をお供に、自分なりに緩く『休暇』の日々を過ごし始める。

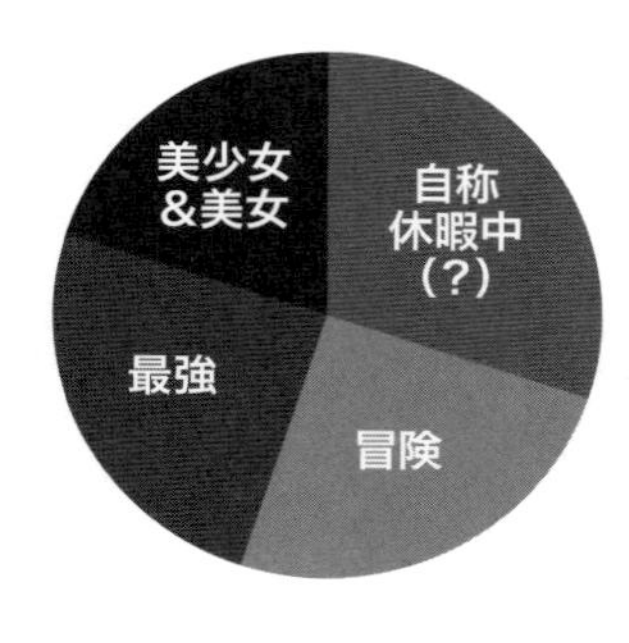

米国
カナダでも
No.1
ランキング
アニメ化
企画進行中の大人気作!!
私、能力は平均値でって言ったよね！
FUNA
私、能力は平均値でって言ったよね！
FUNA

EARTH STAR NOVEL

続・聖剣、解体しちゃいました

発行 ―――――――― 2018年8月16日　初版第1刷発行

著者 ―――――――― 心裡

イラストレーター ―――― シソ

装丁デザイン ―――― 舘山一大

発行者 ―――――――― 幕内和博

編集 ―――――――― 古里 学

発行所 ―――――――― 株式会社 アース・スター エンタテイメント
〒141-0021　東京都品川区上大崎 3-1-1
目黒セントラルスクエア 5F
TEL：03-5561-7630
FAX：03-5561-7632
http://www.es-novel.jp/

印刷・製本 ―――――― 株式会社廣済堂

ISBN 978-4-8030-1211-8